KB092130

빛과 연꽃

이 책은 저자이신 故 金河堂 光德大禪師의 救國救世사상을 이루기 위하여 간행합니다.

명상의 바다에 건져 올린 삶의 지혜 6

빛과 연꽃

글·금하광덕 | 연꽃디자인·김응화 | 편찬·송암지원
펴낸이·김인현 | 펴낸곳·도서출판 종이거울
2005년 2월 25일 1판 1쇄 발행
2009년 10월 25일 2판 3쇄 발행
영업·법월 김희증 | 인쇄·금강인쇄
등록·2002년 9월 23일(제19-61호) | 주소·경기도 안성시 죽산면 용설리 1178-1
서울 사무소 · 서울시 송파구 잠실동 312-23 201호|전화 · 02-419-8704
팩스 · 02-336-8701|E-mail · cigw0923@hanmail.net

ISBN 89-90562-15-5 04810 89-90562-05-8 (세트)
· 책값은 뒤표지에 있습니다.
· 잘못된 책은 바꿔드립니다.

빛과 연꽃

광덕스님 법어집

글 금하광덕 | 연꽃 디자인 김응화

차례

행복하고 싶거든 사랑을 바치라.
그때에 내 가슴에 행복이 넘쳐온다.

행복하게 사랑합시다

사랑은 주는 것이다. 사랑을 주는 데서 나의 가슴에 행복이 넘쳐온다. 만약 인생이 쓸쓸하게 느껴지고 삶에 생기가 없다면 그것은 사랑하지 않기 때문이다. 사랑을 받을 생각만 하고 사랑을 주지 않기 때문이다.

행복하고 싶거든, 사랑받고 싶거든 사랑하는 이에게 사랑을 바치라. 모든 이웃에게 사랑을 바치라. 그 사람이 행복하도록, 그 사람이 성장하도록 그 사람을 보살펴 주자. 주는 사랑보다 받는 사랑을 앞세울 때 사랑하는 그 사람은 속박감을 느끼며 행복할 가정이 감옥이 되고, 행복할 인생이 사막이 된다. 먼저 받기만을 바라는 사랑은 사랑이 아니라 사랑의 가면을 쓴 이기심이다. 그런 사랑이 인생을 적막하게 만든다.

행복하고 싶거든 사랑을 바치라. 알아주기를 바라지 않고 보상을 바라지 않는 순수한 사랑을 사랑하는 이에게 바치자. 그때에 내 가슴에 행복이 넘쳐온다.

자기 한정에서 벗어나자

우리의 본래 생명은 진리이며 지혜이며 걸림없는 힘이다.
그러나 우리는 일상생활에서 자신이 가진 생명력의 극히 작은 부문만을 발휘하는데 불과하다. 그것은 '나의 힘은 이 정도' 라고 스스로 자기를 한정하기 때문이다.
그러나 다급한 때를 당하면 엉뚱한 힘이 나타나는 것을 종종 본다.
어찌하여 다급할 때는 놀라운 힘이 나오는 것일까? 위급할 때는 자기 한정 관념이 개입할 겨를이 없어 본래 갖추어진 힘이 나오기 때문이다.
우리가 평소에 다급할 때처럼 자기 한정 관념에서 벗어난다면 놀라운 능력을 발휘하게 될 것이다. 그러자면 끊임없이 "나는 육체가 아니다. 불성이다. 부처님의 공덕생명이다.
나무마하반야바라밀다" 하며 진리의 믿음을 신념으로 확충해 가는 수행에 힘쓰는 것이 좋을 것이다.

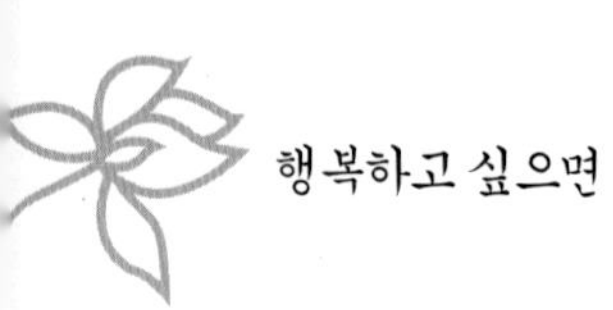

행복하고 싶으면

우리는 모두가 건강을 바라고 행복을 바란다. 그런데도 그것을 얻지 못하는 것은 무슨 이유에서일까? 그것은 소망이 이루어지는 법칙을 모르기 때문이다. 행복을 물질이나 지위나 환경이 가져다주는 것으로 잘못 알고 있는 것이다.

원래 인간의 운명이란 자기 마음에 있는 것이 현실에 전개되는 과정이다. 그러므로 진정 행복하고 싶으면 먼저 진리 본성대로 그 마음을 다듬어야 한다. 진리 본연의 청정 원만상을 마음에서 관하면 우리의 생활 주변에는 저절로 진리의 완전상이 나타나고, 우리의 소망도 거기서 이루어진다.

해서 행복하고 싶으면 먼저 지금 내 마음상태가 어떠한가를 돌이켜 보자. 그리고 진리 본연의 광명과 행복으로 마음을 가득 채우자.

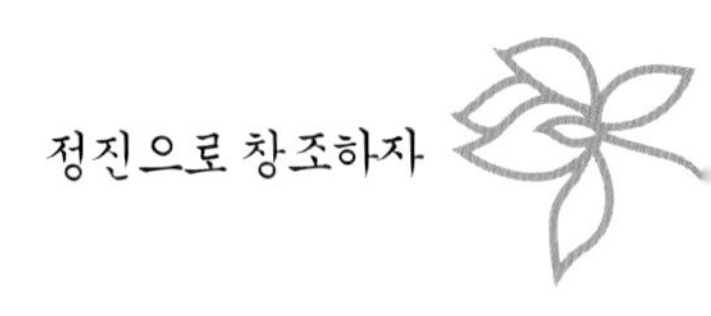

정진으로 창조하자

인간은 육체의 덩어리도 아니고 물질의 변화체도 아니다.
인간은 법성(法性) 진리 자체이다. 인간에겐 무한의 지혜와 덕성과 힘이 깃들어 있다. 영원히 발전하며 창조를 계속할 위대한 힘이 감추어져 있는 것이다.
원래로 우리의 발전과 창조를 방해할 요소란 아무데도 없다.
그렇다면 우리는 법성 진리를 순직하게 긍정하고, 스스로에 깃든 위대한 힘을 여지없이 발휘하여야 하지 않겠는가!
오늘보다 더욱 완전하게, 보다 아름답게 발전시킬 능력이 있음을 확신하자. 내 생명에 깃든 무진장의 힘을 긍정하고 발굴하면 무진장의 창조가 계속되고 무지와 나태로 방치하면 무진장의 보고도 아무 구실 못하게 된다.
정진하자. 나에게 깃든 힘을 이웃과 나라와 중생을 위하여 여지없이 발휘하자. 자비와 능력은 쓸수록 발달하고 희망과 행복이 보다 높이 증진되는 것이다.

부처님을 생명으로 하는 자

부처님은 창조의 근원이며 일체 성취의 지혜며 무한의 공덕장이다.
부처님은 우리의 생명으로 영원히 우리와 함께 하신다.
우리가 부처님과 일체감을 깊이 하고 그 인도를 받을 때 우리는
영원한 전진과 성공을 하게 된다.
비록 짧은 시간이라도 끊임없이 기도하자.
"나는 불자다. 부처님의 지혜와 위덕을 지니고 있고 뜻한 바를
실현할 풍성한 자원이 주어져 있다. 나는 반드시 성공한다" 고
생각하고 끊임없이 감사하자.
이렇게 마음이 정화되고 행동으로 이어질 때 생명에 깃든 무한
공덕이 우리의 생활 현장에 튀어나온다.

슬픔이 찾아들 때

혼자 있을 때 슬픔과 함께 하지 마라. 노여움과 함께 있지 마라. 죄와 대좌하지 마라. 오직 부처님과 함께 있으라. 진리의 자비광명 앞에서는 온갖 슬픔과 죄가 스스로 소멸된다.

슬픔을 남에게 호소하지 마라. 노여움을 남에게 말하지 마라. 호소하게 되면 미움과 슬픔의 물결은 더욱 높아지리라. 서로의 사이는 험악해지고 노여움의 불길은 다시 타오른다.

슬픈 심정을 자극이나 쾌락으로 호도하려 하지 마라. 쾌락이나 자극으로 순간적 회피는 될지 몰라도 자극에서 깨어날 때 괴로움은 다시 새로워진다. 술이나 쾌락으로 속인다 해도 자기 기만에는 언제나 한숨이 뒤따른다.

슬프거든 모름지기 부처님께 호소하라. 괴롭거든 부처님께 일심으로 기도하라. 부처님은 내 생명 깊이에서 자비의 손으로 죄와 고통을 씻어주고 평화와 희망을 채워준다.

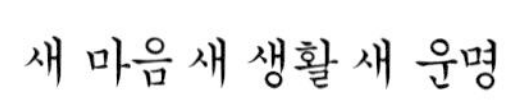

우리 앞에 운명처럼 밀려드는 고뇌-.
그것은 우리가 과거세에 익혀온 그릇된 생각들이 풀려 나오는 것.
생명은 육체가 아니며 세계는 물질의 법칙이 아닌 것을.
잘못 알고 행동한 과거 생각들의 축적이다.
스크린에 나타나며 사라지는 필름의 영상과 같이 그것은 사라지는
과정으로 나타난 것이니, 고뇌를 생각에 두지 말고 두려워 말자.
그것이 실로는 환영인 것이다.
오히려 밝고 착하고 굳은 신념으로 억세고 희망찬 새 생활을
엮어가야 할 것이다. 새 마음, 새 생활에 새 운명이 열려오는
것이다.

인생이 피곤할 때

인생살이가 피곤하거든 염불하여 마음을 부처님께 돌릴 것이다.
부처님은 지혜이며 자비이며 무한의 공덕장이다.
부처님 진리에 뛰어들 때 불안은 사라지고 평화가 찾아오며 희망과 기쁨이 넘쳐온다.
현상계란 미혹된 마음의 경계이므로 꿈이며 환이며 실(實)이 아니다. 그것이 영원한 줄 그릇 알고서 집착하면 불안과 고통이 뒤를 따르고 가슴 가득 허무가 고여든다. 진리의 빛에서 미망은 사라지니 불 앞에 어찌 사라지지 않는 어둠이 있으랴.
진리는 부처님, 염불은 진리광명, 피곤하고 지친 마음에 희망과 용기를 부어준다.

스스로 믿는 만큼 이루어진다

사람은 누구나 불성(佛性)의 시현자(示顯者)다.
그러나 그러한 위대한 본분을 충분히 발휘하지 못하는 것은
범부라는 생각으로 스스로를 제한하기 때문이다.
열등감을 갖고 있는 자는 열등한 정도 이상 발전하지 못한다.
자신을 보통 정도로 생각하고 있는 자는 보통 정도 이상 발전하지
못한다.
사람은 스스로 믿는 만큼 이루어지는 것이다.
불자의 자각으로 자신에 갖추어진 무한력을 믿자.
그리고 게으르지 말고 끊임없이 발굴하면 반드시 성공하고
빛나는 존재로 성장한다.
'나는 할 수 있다' 는 자각이 자신 있는 행동을 유발하고
행동의 향상을 가져오는 것이다.

친절한 말

이웃을 돕고 친절히 하고 싶어도 가진 것이 없어서 못한다고 말할 사람이 있을까?

친절한 말은 인생의 보배다. 설사 아무것도 가진 것이 없다 해도 친절한 말은 누구나 가진 것이 아닌가! 우리는 공덕 짓기를 친절한 말로부터 시작하자. 슬픈 사람에게 위로를, 의기소침한 사람에게 새로운 용기를, 헤매는 사람에게 바른 가르침을, 따뜻한 미소와 함께 건네주자.

희망도 환희도 지혜도 자비도 우정도 모두 그곳에서 나온다.

한없는 공덕이 착한 말과 함께 있는 것이다.

'친절한 말' 을 배우자. 이것이 인생의 보배다.

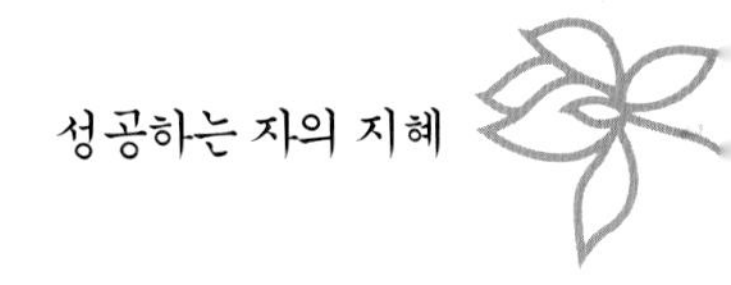

우리의 환경은 누가 만드는가? 그것은 우리의 마음이다.
우리의 마음이 생각과 말과 행동으로 행복도 만들어가고 불행을 부르기도 한다. 이런 조물주적인 마음은 먼 곳에 따로 있는 특별한 것이 아니다.
우리의 평상시 마음 바로 그것이다. 이 마음이 항상 생각하고 신념을 가지고 자주 말하는 것은 마침내 현실로 구체화한다.
생각이나 말에는 위대한 실현력이 있기 때문이다.
그러므로 우리는 말의 힘을 창조적으로 써야 한다. 생각하는 것과 말하는 것이 결코 어둡거나 악하거나 쇠퇴하는 것이어서는 안 된다.
항상 힘써 희망을 꿈꾸자. 성공을 생각하고 성취를 말하자. 그래서 우리의 밝은 희망의 동산을 아름답게 가꾸어 가자. 우리 모두는 조물주의 창조권능을 가진 행복의 주인공인 것이다.

천지일신(天地一新)

천지가 광명 덩어리이다.
새로운 힘, 상서환희(祥瑞歡喜)가 넘쳐 흐른다.
찬란한 이 아침이 영원한 우리의 아침임을 알자.
나의 생명의 깊이에서
찬연히 넘쳐나는 부처님의 한없는 은혜를
우리는 생각의 자유를 써서 마음껏 펼쳐내고 행복을 누리자.
모두의 행복, 성취, 평화를 염원하자.
거기에 어둠은 없다. 이미 과거는 과거다.
우리에게는 행복한 아침해만이 안겨져 있다.
나이를 넘어선 젊은 생명의 밝음, 감사하여라.
우리는 불자인 것이다. 행운은 우리의 것이다.

살아 있는 믿음

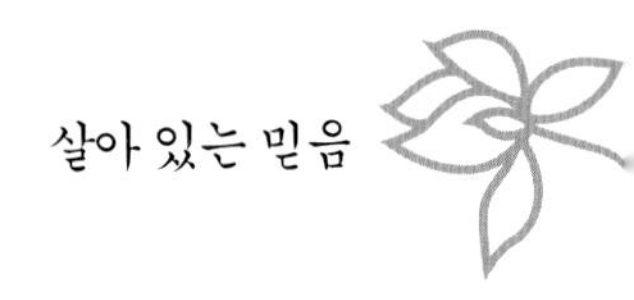

빛을 잃은 태양을 생각할 수는 없다.
이미 태양이 아니기 때문이다.
불자는 지혜와 자비를 머금은 자.
밝음과 사랑과 따뜻함이 넘쳐 흐른다.
그러기에 그의 마음은 항상 밝고
그 말은 따뜻하고 그의 행은 싱싱하다.
청하지 않아도 벗이 되고 언제나 생명의 빛이 넘쳐난다.
마치 태양이 빛을 토하듯이….
빛을, 사랑을, 희망을, 힘을 주는 자 – 불자다.
그것은 부처님 말씀을 전하는 일이다.
법을 전하자 – 이것이 살아 있는 믿음이다.

사랑하기 때문에

사랑은 너그러움이다. 비판하지 않는다.
나무라지 않는다. 결점을 보지 않는다.
사랑하는 눈에는 장점만 보이고, 아름다움만 보이며, 칭찬만 있게 된다.
그이에게 불평대신 감사를 말하고 칭찬한다.
누구에게나 찾으면 결점이란 보이게 마련이다. 만약 단점만을 찾아 지적하면서 그이가 바로 되기를 기다려 보라. 거기에는 찬바람만 더할 뿐, 결코 따뜻한 애정은 싹트지 않는다.
아내를 칭찬하자, 남편에 감사하자, 사랑하기 때문이다.
여기에 행복의 움은 무럭무럭 자란다.

생명은 건강한 태양이다

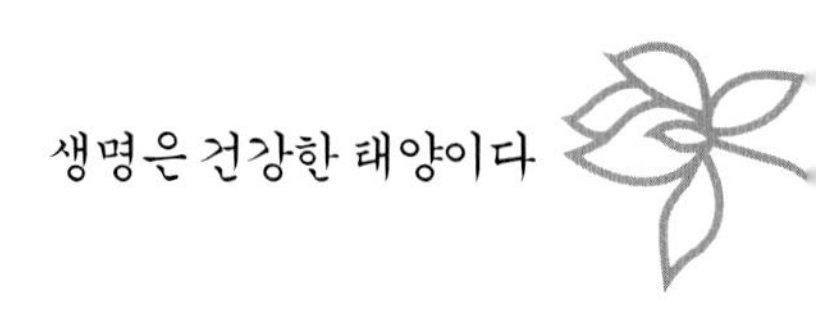

우리는 축복 받은 신기한 생명이다. 진리의 무한 공덕을 원래로 타고났다.
지혜롭고, 덕스럽고, 건강하고, 행복하다. 설령 지금 병들어 보여도 그것은 다만 건강의 태양이 망념 구름에 가리웠을 뿐이다.
생명의 원 모습인 건강태양은 구름에 덮였든 지구에 막혔든 땅 속에 묻혔든 영원히 변함 없이 내 생명에 찬란하다.
하늘을 보라. 비록 비 내리고 첩첩 구름 덮였더라도 태양은 변함 없이 창공을 타오르니 비는 멎고 구름은 반드시 걷히고 만다. 병이 나거든 무엇보다 무한 생명력을 생각할 것이다.
찬란한 진리생명에로 마음을 돌이키자. 그리고 태양처럼 밝고 시원하게 기쁨을 머금고 건강한 꿈을 가슴에 가득 담자. 이윽고 병고는 사라지고 밝은 행복 드러날 것이다 – 마치 구름 걷힌 하늘에서 햇빛이 쏟아지듯이.

참으로 있는 현실

참으로 있는 현실은 눈에 보이고 귀에 들리는 형상이 아니다.
오히려 보이고 들리고 알 수 있는 것은 모두 변하고 허물어지며
막히고 허망하다.
도저히 눈으로 볼 수 없고 생각으로 이를 수 없는 곳에 영원과
진실과 풍요는 자약(自若)하다. 그렇다고 말을 끊고 생각을 떠난
곳에 진리가 있고 소망이 이루어지는 것도 아니다.
허망한 것은 허망해서 끊을 것도 없고 진실은 진실하여 허망 중에
오히려 활활 약동한다.
항상 염불하고 부처님의 무량공덕 세계를 깊이 믿자.
이곳에 일체성취의 대공덕이 우리를 위하여 기다리고 있으며
영겁불멸의 참된 현실이 열려 있다.

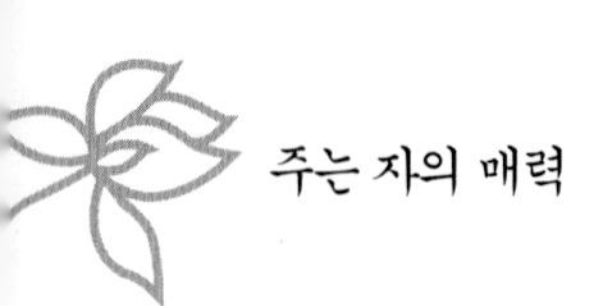

주는 자의 매력

두터운 우정을 받고 싶거든 풍성한 우정을 먼저 주라. 사랑 받고 싶거든 먼저 사랑을 주라. 우정을 주는 자가 우정을 받고 사랑하는 자가 사랑을 받는다.

우정, 사랑- 이것이 인간에게 있어 다시 없는 매력이다.

성공과 번영을 위해서라도 매력을 창조하라. 이 매력은 자석처럼 사람을 끌어당긴다.

그대가 만인을 사랑하고 위할 때 만인은 그대 편이 되어 그대를 도우리라. 그대가 어느 '한 사람' 에게 우정을 쏟을 때 그 사람은 그대의 벗이 되고 진실한 협력자가 되리라.

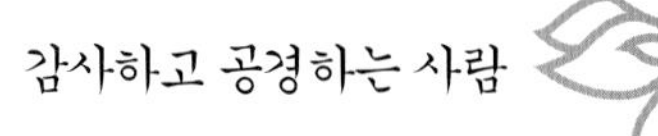

감사하고 공경하는 사람

부처님께 예경하는 마음은 부모님과 스승님과 형제와 이웃에게
감사하고 공경하는 마음이다. 부처님은 공경하면서도 부모님과
형제, 이웃에 감사 공경하지 않으면 부처님 공덕은 결코 입지
못한다.
공경하고 감사하는 사람에게 부처님 복이 그의 것이 되고
스승님, 부모님, 형제, 이웃 모두가 불보살이 되어 그대를
감싸준다.
포근히 생명의 정 넘쳐 흐르고 행복의 물결은 그대를 적셔 주리라.
감사 · 공경하는 사람, 이 사람이 부처님 공덕을 입는 사람이다.

밝은 표정

밝은 마음, 밝은 표정을 가진 사람은 사람을 움직이는 힘을 가졌다. 만나는 사람은 호의를 가지며 도움을 청하면 응하고 싶어한다. 그 사람과 친해지고 벗이 되고 싶은 것이다.
사업에 성공하고, 바라는 취직이 이뤄지고, 착한 남편이나 아내를 맞는데 한번 보기만 해도 유쾌해지는 그런 밝은 표정인 사람이어야 매사가 수월하다. 그의 밝은 표정에서 맑고 따스한 마음을 온 천지에 쏟아 놓기에 그렇다.
거기에는 마음과 마음이 열리고 기쁨과 우정이 소리 없이 흐른다.

인생을 아름답고 싱싱하게 장엄하는
최상의 음악, 감사는 생명을 키워주는
최상의 음악이다.

운명의 결정자

우리는 화목과 평화와 번영을 희망한다.
그렇다고 평화, 평화를 외치며 평화투쟁으로 내어 닫는다고 평화와 번영은 오지 않는다. 평화를 원한다면 오직 그 마음에 평화가 충만하여야 한다.
만약 평화, 번영을 외치면서도 그 마음에 대립과 갈등이 깃들었다면 결국 투쟁과 분쟁만을 가져오고 만다. 그와 마찬가지로 마음에 건강과 풍요를 간직할 때 건강과 부가 실현되는 것이다.
경(經)의 말씀에 마음이 일체를 만든다고 하셨다.
실로 마음은 심묘한 자석이다. 그 마음 깊이에 존재하는 것이 그와 동일한 것을 끌어당긴다. 건강도 부도 끌어당기고, 성공도 평화도 끌어당긴다. 이래서 자각적 마음이 운명을 결정하는 것이다.

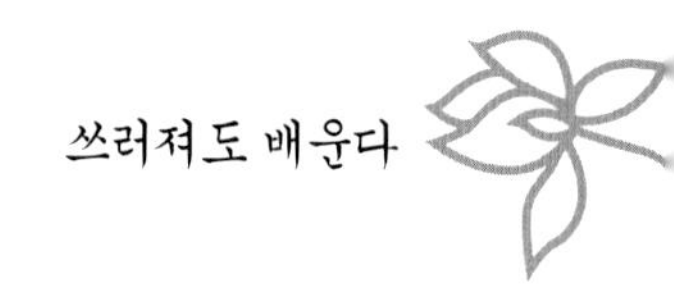

쓰러져도 배운다

인생을 살아가노라면 한두 번의 실패는 으레 따른다. 그러나 거기서 다시 일어서는 자와 그렇지 못한 자가 있으니 이것이 행, 불행의 갈림길이다.
성공자는 쓰러지지 않는 자가 아니다. 몇 번이고 다시 일어서는 자다. 쓰러졌다 다시 일어선 사람은 정신이나 체험의 깊이에서 앞서와는 사뭇 달라진다.
쓰러지는 것이 목적은 아니지만 쓰러진 데서도 다시 소중한 것을 얻고 굳센 힘을 더한다. 이런 사람은 그 어떤 고난도 그를 좌절시키지 못한다.
앞으로 앞으로 영원히 전진하여 필경 승리자가 되는 것이다.

마음의 평화와 정결

마음의 평화와 정신의 정결, 이것이 인생에 행복을 실어주는 기초다. 나의 건강뿐만 아니라 가족의 건강과 집안 환경에 조화가 온다.
마음이 거칠어 조화를 잃고 정신이 때묻었을 때 몸에 병이 오고, 가정이 불안하며 사업에 장애가 온다.
그런데도 하찮은 이득을 구하거나 위세를 지키거나 자칫 감정을 풀기 위하여 마음을 뒤흔들고 정신을 더럽히는 일을 거침없이 하지는 않는가….
최상의 것을 최우선에 두자. 이 마음의 평화와 정결을 최우선으로 지키자.

인생 최상의 음악

인생을 아름답고 싱싱하게 장엄하는 최상의 음악이 무엇이냐고 묻는다면 그것은 '감사' 라고 대답하겠다.

인생만사 – 그 속의 인간은 '감사' 로 인하여 삶의 보람은 증장하고 생명은 빛을 발하며 생활은 윤택하고 활기를 더하게 된다. 인생이 고난에 부딪혔을 때 고난을 극복하는 최상의 방법도 '감사' 다.

감사는 인생 행로의 험악한 길을 평탄하게 하고, 거친 물결을 잠잠히 잠재우고, 인생 항해의 안전을 보장한다.

감사는 험난한 환경 속에서 오히려 평화를 발견케 하고, 악마에 둘러싸였더라도 보살의 자비와 용기를 발견케 된다.

감사는 마음에 평화와 조화와 축복을 채워준다. 거기에 부처님의 무한공덕이 흐르게 한다. 그래서 눈앞의 고난과 불안이 부지하지 못하게 하는 것이다.

우리의 가슴을 감사로 채우자. 항상 모두에게 감사하자.

감사는 생명을 키워주는 최상의 음악이다.

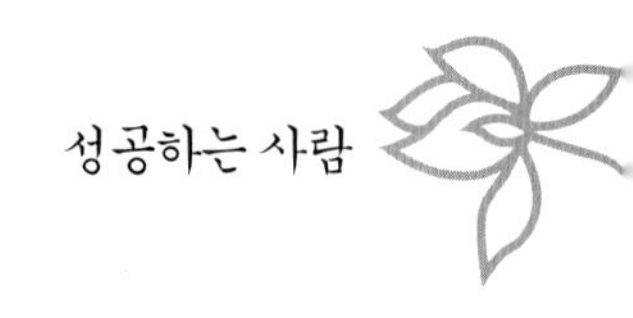

성공하는 사람

그 사람은 고난을 회피하지 않는다.

책임을 남에게 돌리려 하지 않는다.

하잘것 없는 오락으로 인생을 속이지도 않는다.

사소한 일에 마음을 얽매지도 않는다.

지난 일을 근심하거나 오지 않은 일을 미리 걱정하지도 않는다.

그는 시간이나 인생을 낭비하지 않는다.

어려워 보이는 일도 성큼 맡고 나선다.

책임을 스스로 지고 나서고 또 보다 큰 책임을 지고자 한다.

책을 읽어도 유익한 것을 읽고, 구경을 해도 예술가치에 눈을 둔다.

자신과 긍지로 싱싱하고 활달한 자기를 펴나간다.

이 사람은 하루하루 전진한다.

자신(自信)과 힘은 축적되고 주위의 신뢰는 더욱 두터워지며

환경은 그를 중심으로 움직여 간다.

이 사람은 성공한다. 성공자다.

번영하는 자의 기도

번영하는 자는 이제까지 얻은 것이 비록 아무리 적은 것일지라도 최상의 감사를 드린다. 물량(物量)에 걸리지 않는 그의 너그러운 눈에는 적은 것이 적은 것이 아니다 – 이 사람이 지혜 있는 사람이다.

이 사람이 성공한다.

감사하는 마음, 너그러운 마음이 부처님의 무한 공덕장에 통하는 것이니 거기에 어찌 풍요가 흘러들지 않을까 – 적은 것을 얻었더라도 감사하자.

그리고 그것을 부처님의 뜻에 따라 슬기롭게 사용할 것을 기도하고 배우자. 은혜에 감사하는 사람은 은혜를 결코 헛되이 쓰지 않는다. 이런 사람에게 은혜는 항상 넘쳐난다.

빛나는 '지금'에 살자

'지금'에는 항상 새로움만이 있고 희망과 기쁨만이 빛나고 있다. 우리는 언제나 지금에 살고 있으니 지금의 희망, 지금의 활기, 지금의 광휘를 잊지 말자. 지금에는 항상 새 천지가 마련되고 있는 것이다.
그러니 이미 지난 일을 생각하지 말자. 과거가 아무리 어둡고, 아무리 슬프고, 아무리 아픈 일이 있었더라도 과거는 역시 과거다. 지나간 모두를 과거 속에 묻어두자. 다시 오늘로 끌어들일 필요는 없다.
오직 마음을 새롭게 하여 지금 벌어지고 있는 새 희망, 새 천지를 우리 마음에 안아 들이자.

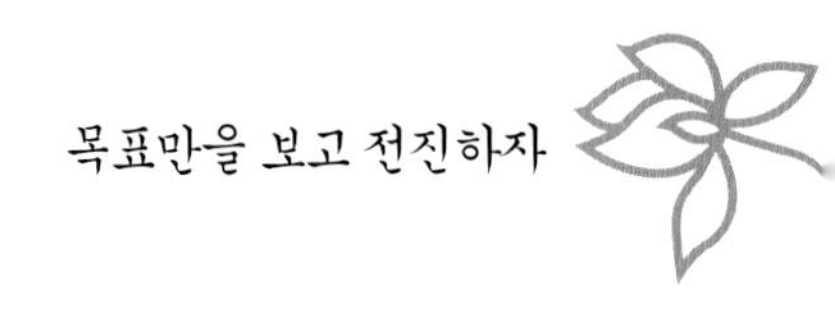

목표만을 보고 전진하자

이상이 높을수록 목표는 먼 곳에 있고 목표가 멀수록 현실과는 거리감을 느낀다. 목표와 현실과의 거리감이 크면 겁약심이 생겨서 후퇴하기 쉽다.
그러나 거리를 보지 말고 오직 목표만을 보자.
왜, 이상은 먼 곳에 있지 않고 자기 마음 속에 있는 것이니….
형제여, 밝은 마음으로 목표만을 바라보자.
그리고 한 걸음 한 걸음 앞으로 나아가자.
이상은 끊임없이 나의 현실 위에 나타난다.

최선의 기도 법

경(經)의 말씀에 '중생을 기쁘게 하면 불보살님이 기뻐하시고, 중생을 받들어 섬기면 부처님을 받들어 섬김이 된다' 하셨다. 그러니 최선의 친절로 모두에게 대하자. 이것이 종교며 신앙 있는 행이다.

하루에 단 한 번만이라도 순수하게 남을 위하여 정성을 다해보자. 헌신적인 자비행, 이것이 최선의 기도 성취법인 것이다.

생명의 보람과 기쁨

노력하지 않고 편안하게 뒹굴면서 일이 되기를 바라는가?
아니다, 결코 아니다. 거기에는 퇴폐와 후퇴와 나약만이 자란다.
생명은 창조적인 성장에서 기쁨이 오는 법.
풍부한 경험을 쌓아갈 때 창조의 힘은 성장한다.
우리 앞길을 가로막는 일이라도 맞부딪쳐 앞으로 나아가자.
설사 실패로 보이더라도 실패가 아니다.
거기에는 생명이 성장하고 있는 것이다.
운명적인 장벽이라도 거기에 나의 창조적 의지를 뚜렷이 그려가자.
이것이 우리의 보람이며 기쁨이 아닌가.

인간은 신성한 권능자

인간은 육체와 영혼의 결합자가 아니다. 인간은 물질과 법칙의 종속자가 아니다. 죄의 뭉치이거나 업보의 결실이 아니다. 고통을 수확하는 나그네가 아니다.
인간은 부처님의 공덕신이다. 불성의 구현자다. 그 안에 무한한 창조력을 지니고 있다. 무한의 지혜와 덕성과 인정과 능력이 영원히 풍성하다. 오직 그대가 내어 쓰기를 기다리고 있다.
불자는 이것이 참된 인간 현실이며 자신의 참 면목임을 믿는 자다. 그러므로 불자는 마땅히 무한의 창조력을 현실화하는 행동이 있어야 한다. 아무리 값진 보배라도 흙 속에 묻어 썩힌다면 그것이 무슨 소용일까? 당연히 고매한 이상을 세우고 위대한 야망을 품어야 한다. 그리고 앞을 바라보고 굳세게 걸어가야 한다. 그것은 결정코 실현된다. 고매하고 위대한 야망일수록 그 결과는 만인에게 행복을 안겨준다. 마음에 광명을 가득 채우고 앞으로 나아가자. 주저 없이 끈기 있게 앞으로 나아가자.
이것은 불자의 신성한 권능이며 의무다.

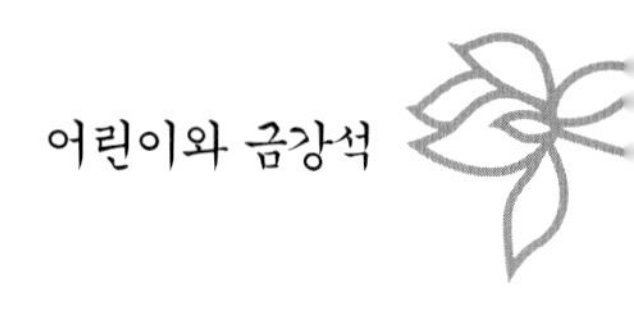

어린이와 금강석

사람은 진리의 실현자다. 그 안에 무한한 재능이 깃들어 있다. 그 중에서도 어린이는 아직 갈지 아니한 금강석과도 같다. 그러니 어린이에게서 천재성이 나타나지 않는다 하여 결코 업신여겨서는 안 된다. 그것은 진리에 대한 불경(不敬)이다.
오직 어린이에게는 무한한 진리가 깃들어 있는 것을 믿자. 길가에 흩어져 있는 이름 없는 풀에게조차 우주의 신비가 담겨 있지 아니한가! 그러하거늘 어찌 우리의 어린이에게 재능이 없겠는가?
어린이의 뛰어난 재능을 신뢰하자. 어린이는 진리의 실현자임을 알고 어린이 자신도 스스로가 진리의 실현자라는 자각을 갖도록 일러주자.
그리하여 자신에게 깃든 고귀한 천품을 때 묻히거나 매몰시키지 않도록 도와주자.

참 생명의 자양분

아무리 험난한 일을 당하더라도 실망할 것 없다.
우리의 일상생활에 나타나는 모든 환경은 좋든 나쁘든 나의 영적 생명을 키우는 자양분인 것을 알자.
귀찮고 답답한 환경이라면 거기서 뛰쳐나가고 싶을 때도 있겠지만, 그렇게 고난을 피하여 도망쳤다 하여 영적 생명이 성장하는 것이 아니다. 주어진 과제가 어렵다 하여 회피한다면 끝내 그 과제는 이수하지 못한 채 다음 생까지 멍에를 메고 다니다가 언젠가는 그 과제를 이수해야 된다.
우리에게 닥친 환경은 나의 진실생명의 성장을 위하여 마땅히 이수하여야 할 과제인 것을 알고 용기와 자신으로 지혜롭게 인생과제를 처리해 가자.
고난이 나의 참 생명을 키운다는 것을 안다면 고난 앞에서 의연하게 웃고 감사하게 된다.

고난이 갖는 의미

우리 앞에 나타난 어려운 사건들은 이것이 물리적 성격의 것만은 아니다.
겉으로는 형상적, 물리적인 것으로 보이는 그 속에 정신적인 어떤 의미가 감추어져 있는 것이다.
어려운 일을 당하거든 당황하거나 저주하거나 도피하려고 하지 말고 그 사건이 가지는 의미를 깊이 생각할 일이다.
그리고 일어나는 생각을 쉬고 그 사건이 준 교훈을 따라 마음가짐을 바꿀 일이다. 그리고 성실하게 그 일에 대하라. 그러면 그 문제와 사건은 해결되거나 사라지고 만다.
형상을 나타낸 뿌리가 소멸하였기 때문이다.

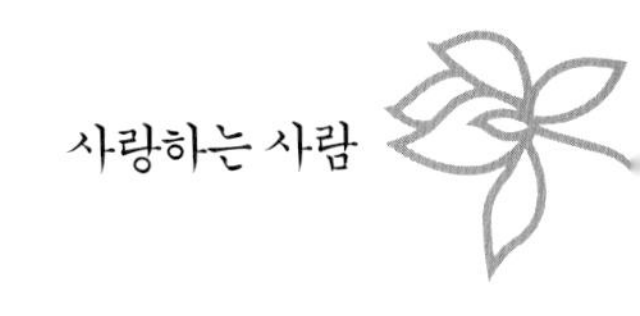

사랑하는 사람

남을 사랑하는 사람은 반드시 사랑 받는다. 기쁜 마음으로 남에게 주는 사람은 넉넉하게 기쁨을 돌려 받는다.
사랑하면 건강이 오고, 번영이 오고, 행복이 온다. 이처럼 자비는 무한공덕을 끌어당기는 신묘한 위력이 있다.
우리는 불자, 불성, 무한 공덕장의 주인공이다. 누구에게나 있는 자비의 샘에서 샘물은 끊임없이 솟고 행복의 상서는 발 밑에 지천으로 깔렸다.
자비의 샘물을 지키자. 대하는 모든 이웃에게서 언제나 따뜻한 불성을 보자. 사랑하고, 받들고, 위하고, 섬겨서, 불성의 기쁨으로 온 시간을 채워가자. 보살은 이렇게 해서 자신과 국토를 아름답게 수놓아 간다.

불행을 몰아내는 힘

우리에게 참으로 있는 것이 물질인가, 육체인가!
아니다. 진리인 생명과 무한의 위덕뿐이다. 그 진리가 생활과 환경을 바꾼다. 설사 눈앞에 불행이 나타나 보이더라도 그것은 마음의 헛된 그림자다. 이미 지나간 마음의 그림자다.
지나간 그림자를 쫓지 말자. 어제는 이미 지나갔다. 내일은 아직 오지 않았다. 오늘 우리는 마음을 진리생명에로 돌려야 할 것이다.
그러면 진리의 창조력이 오늘의 현상 위에 나타나 지금 이후의 생활이 단번에 바뀔 것이다.
어둡던 과거를 탄식하지 말자. 과거의 불행이나 실패를 회상하지 말자. 어둠은 진리의 빛을 비출 때 즉시에 사라진다. 하루하루 마음을 새롭게 하여 진리를 향하고 새로운 오늘을 활기차게 열어가자. 생명진리는 '마하반야바라밀다', 오직 이것이다.

행복을 만드는 사람

이 사람은 빛나는 시간, 기쁜 순간만을 생각한다. 그것을 생각하고
그것을 기억한다. 불쾌했던 기억, 실패의 추억, 어두운 과거를
마음에서 몰아내고 슬픈 일, 우울한 생각을 결코 마음에 두지
않는다. 어찌 감히 미움, 질투, 분노 등 불유쾌한 것을 청정한
마음에 둘까, 어림도 없는 일이다.
불쾌한 것을 마음에 두는 것은 불행을 복습하고 실패를 부르는
초대장이 아닌가? 내 생명의 행복을 훔치는 도적들이 아닌가?
어찌 그런 도적을 환대할까 보냐.
그렇다. 행복을 지키는 사람, 성공을 거두는 사람은 언제나 빛나는
순간, 기쁜 기억만을 간직하고 말한다.
기쁨을 말하는 데서 행복이 찾아드는 것이다.

땅에 던져진 종자

그것은 자칫 아무 힘도 없어 보이지만 마침내는 싹을 열어 대지를 뚫고 하늘을 향하여 치솟아 오른다. 마침내 우람한 나무도 되고 화려한 꽃도 피우고 소담한 과실을 맺기도 한다.
인생도 모름지기 어떤 환경에서도 겁먹지 말고 자신의 생명 깊이 깃든 힘을 발동하여야 할 것이다.
부디 불행했던 과거를 탄식하지 말자. 여러 가지 불리한 조건을 생각에 두고 오늘의 생활을 위축시켜서는 안 된다. 위축보다는 차라리 용감히 앞으로 나아가자.
내가 참으로 성공하는 '길' 은 이미 자신 깊이에 주어져 있는 것을 굳게 믿고 오직 성공 길을 향하여 앞으로 내어 닫자. 줄기찬 노력이 필경 승리의 과실을 안겨주는 것이다.

지혜자의 생활

우리 생명의 원형은 무한광명이며 무진장한 공덕바다다.
그러니 모름지기 하루 하루를 신선한 희망과 참된 기쁨으로
시작하여야 한다.
마음은 우리의 주인이다. 오직 새로운 마음으로 행복, 건강,
성공만을 생각하자. 생각은 환경을 만드는 원형이므로, 우리가
무엇을 생각하고 무엇을 신념으로 확신하고 있는가에 따라 운명은
거기에 맞춰 바뀌어 간다. 우리는 자칫 습관 따라 환경 따라
가다보면 자기 본분을 잊고서 불행을 생각할 때가 있다.
결코 습관에 떠밀려 가지 말아야 한다. 어두운 환경의 포로가 되지
말아야 한다. 어떤 합리나 법칙이라도 그것이 어두운 것이라면
단연 그 권위를 거부해야 한다. 그것은 불행의 씨앗이다.
끊임없이 노력하여 희망과 행복을 생각하고 성공과 환희를 말하는
이것이 진리를 생활하는 지혜자의 길인 것이다.

일체성취의 원형

우리가 확신을 가지고 생각하여 마음에 그린 소망은 진리세계에
숨어진 결정적 실재(實在)다. 육안으로 보이는 객관적 사물보다
더욱 확고한 근본 존재인 것이다. 반대 관념을 일으켜 마음에
그려진 생각을 지워버리지 않는 한 그 생각은 서서히 우리
현상세계에서 싹터오고 성장하여 구체적 형태를 갖추게 된다.
그러므로 우리는 끊임없이 마음을 밝히고 진리의 원만성을 마음에
새겨야 할 것이다.
불신이나 회의나 공포, 불안, 분노, 미움 등의 심정은 성취의 원형을
지워버리는 강력한 독소다.
확신을 가지고 반야바라밀다를 염하자. 일체공덕 완전 성취상을
끊임없이 직관하자. 밝은 신념, 불굴의 정진이 필경 성취를
가져온다.
이처럼 '일체유심조(一切唯心造)' 의 법문은 영원히 살아 있는
창조의 제일 원리인 것을 알자.

고난 속에 길이 있다

고난이 우리를 절망에 빠뜨리지 못한다. 어떠한 고난도 우리의 삶을 압도하지 못한다. 고난은 우리에게 배움을 요구하는 과제일 뿐이다. 거기서 나의 생각과 생활의 허점을 알게 하고 반성과 인내와 힘과 지혜를 배우고 기른다.

그리고 고난은 우리에게 새로운 차원에 이르게 하고 스스로는 마침내 사라진다. 그러니 고난 앞에 실의와 원망과 공포심을 버리고 자신과 희망을 안고 늠름히 대하자. 고난은 우리에게 새로운 길을 열어주는 전주인 것이다.

고난을 주선한 분에게 진정 감사하고 용기를 내자. 나에게는 성장하고 향상하는 새로운 운명의 문이 막 열리고 있는 것이다.

생명의 목소리에 귀를 기울이자.
보이지 않는 나의 생명, 나의 마음이
행복을 만들고, 건강을 만들고
성공을 가져온다.

이 날의 마음

녹음, 녹수, 푸른 바다
파랑새 흰구름 사이를 나는 사월이고 초파일이다.
나의 깊이의 모두를 이루는 원질 이전의 숨결에
밝아 있는 빛에 맑은 목소리에, 눈을 돌리자.
넘쳐 흐르는 힘의 물결을 모두와 함께 한 따뜻한 체온을 잊지 말자.
그토록 애타게 구하던 소중한 것이 여기 이미 열려 있는 것을.
신록이, 청풍이, 파랑새가 그토록 노래하고 있는 것을.
우리의 부처님은 이와 같이 함께 계셨던 것, 기뻐하자.
큰 꿈, 큰 희망, 큰 용기를 내자. 소망은 모두 이루어지는 것이다.
늠름하게, 씩씩하게, 신록 위를 달리는 바람처럼 거침없이
내어 닫자.
거룩한 빛이여, 하늘이여, 땅이여, 바람이여.
나무 석가모니불.

부처님이 오셨다

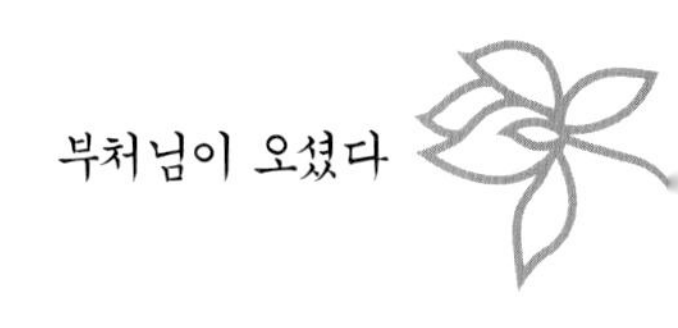

부처님이 오셨다는 것은 동천(東天)에 태양이 솟아오른 것처럼
우리의 생명에 부처님의 자비 위신력이 비춰 온 것이다.
인간은 육체가 아니고, 물질이 아니고 불성(佛性)이고 위덕이고
상서로운 생명이라는 것을, 그리고 행복과 기쁨과 자유로운
창조력을 넉넉히 갖추었다는 것을 드러내 주신 것이다.
온 누리 우리 모두는 부처님의 대자비 광명 속에 감싸여 있으니
마음을 밝고 맑게 하여 감사하고 은혜를 받자. 희망과 환희로
생명을 채우자.
평화 · 행복의 문은 오늘 새로이 열린 것이다.

생명의 목소리를 듣는 자

조용히 눈을 감고-
생명의 목소리에 귀를 기울이자.
보이지 않는 나의 생명, 나의 마음이
행복을 만들고, 건강을 만들고, 행운을 만들고,
환희를 만들고, 성공을 가져온다.
나의 마음, 나의 생명은
부처님의 끝없는 자비와 지혜와 위신력으로
바다처럼 출렁거리니
이 축복에 합장하고 이 은혜에 감사하자.
이 사람이 복을 누린다.

희망은 이루어진다

우리의 마음이 창조적 권능을 가진 것을 부처님은 말씀하셨다.
우리의 마음은 전능자, 생각하는 것은 모두 이루어진다. 그러니
우리는 항상 밝고 위대한 사람이라고 스스로 믿고 생각하자.
마침내 그대로 되는 것이다. 결정코 어둡고 슬픈 생각을 마음에서
몰아내자. 희망을 갖자.
될수록 밝고 큰 희망을 갖고 생각으로 그것을 그리자. 우리의
희망과 생각은 전능자인 마음에 의하여 키워지고 마침내 실현된다.
엎어지더라도 다시 일어서자. 쓰러지더라도 기어코 일어나자.
희망은 결정코 성취되는 것이다.
우리의 마음이 전능자이기 때문이다.

'그만이'를 추방하자

우리의 위대성을 가로막는 자 그 누구냐. 그것은- 자신을 물질적
육체로만 보는 착각이 바로 그 '원흉'.
거기에는 시간적. 공간적. 물질적 굴레로 덧씌워진 왜소한
자기만이 있다. 이 착각의 관념이 우리의 위대성을 속박한다.
우리가 참으로 건강하고 번영하고 행복하자면 무엇보다 이 착각의
'자승자박(自繩自縛)' 에서 벗어나야 한다.
'자기한정(自己限定)' 을 타파하자.
우리 마음에 깃든 '그만이' 를 영영 생각 밖으로 몰아내자. 그리고
무한, 자재, 완전, 행복이 우리의 원래 면목인 것을 믿고 자신과
감사로 억세게 억세게 창조의 길을 내어 닫자.

꿈의 날개를 펼쳐라

부처님은 영원한 공덕신이고 우리는 그 상속자다.
우리는 마음대로 위대한 꿈을 그림으로써 우주를 만들고 삼키는 위대한 마음의 주인이 다시 된다.
위대한 꿈을 꾸자. 꿈의 날개를 마음껏 펼치자.
꿈의 날개는 능히 육체의 한계를 넘고 우주의 끝 저 너머까지 이르며 우리를 보다 높은 세계로 이끌어간다.
기특한지고, 꿈의 날개여!
젊은이는 더욱 향상하고 늙은이는 다시 젊어지며 무수한 한계의 벽을 시원스러이 넘어간다.
꿈은 상상력을 낳고 상상력은 푸른 희망을 키우며 희망은 다시 꿈을 낳는다. 꿈은 빛이다. 거기서 창조의 무한 능력이 나오는 것이다.
주저하지 말고 꿈의 날개를 펼치자. 위대하고 행복한 자기를 마음껏 상상하자. 겸손할 것 없다. 자기 한정을 말라. 뒷걸음치지 말라. 끝없는 부처님의 공덕을 믿고 보다 높게, 보다 활기차게, 아름다운 꿈을 펼치자. 이것이 영원한 권능을 사는 불자의 자세다.

이상을 향하여 불타는 삶

사람의 삶은 높은 이상을 향하여 불타는 삶이어야 한다. 닥치는 대로 하루하루 살아간다거나 그때 그때의 충동적인 생활이어서는 안 된다.
높은 이상을 마음에 그리고 한 걸음 한 걸음 높이 올라가는 생활에서 삶의 보람이 있다. 이상을 따라 성실하게 살아가는 사람에게는 '나는 승리자다' 라는 자신감이 생긴다.
때로는 실패감이나 좌절감이 밀려올 때도 있을 것이다. 그러나 거기에 주저앉지 않고 끊임없이 이상을 향하여 나아가는 자는 이상이 없는 자보다 몇 배나 값있는 인생을 살게 된다.
결코 육체적 쾌락만을 가치로 알고 그것을 삶의 목적으로 삼지는 말자. 거기에는 동물적, 식물적 삶이 있을 뿐이다. 자신에게 깃든 정신적, 영적 기쁨과 가치를 몰락시킨다. 어떤 쾌락도 인생 가치를 높이지는 못하는 것, 명심하자.

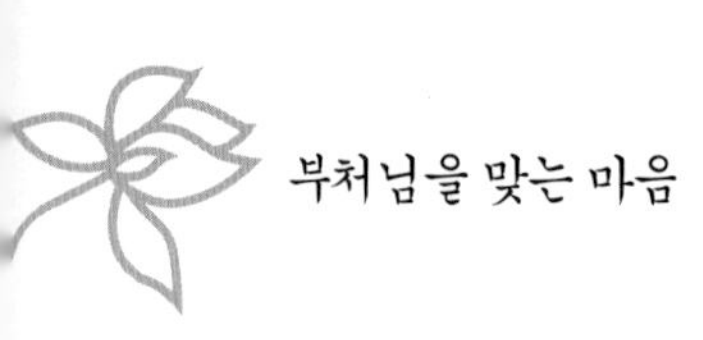

부처님을 맞는 마음

참으로 존재하는 것은 진리뿐이다. 법성뿐이다. 부처님 공덕뿐이다.
진리가 일체를 창조하는 것이므로 천지만물은 원래로 선하고 아름다울 수밖에 없다. 설사 우리의 감각적 느낌이 현실은 추하다고 할지 몰라도 그것은 겉모양에 속은 잘못된 판단이다. 진리는 무한의 지혜이고 힘이고 선일 뿐이니, 거기에는 어떠한 악도 없다. 진리가 우리의 참 생명이다. 우리의 본 성품이 진리광명이며 부처님 광명인 것이다. 이 밝은 생명의 마음을 결코 어두운 감정이나 잘못된 생각으로 덮지 말자. 언제나 훤출하게 부처님 광명을 펼쳐 내자.
그리하여 맑고 밝고 희망찬 감정으로 이 마음을 빛내자. 창조와 성취, 행복은 여기에서 열리는 것이다.
우리는 부처님 오신날을 이렇게 맞이한다.

운명을 여는 기도

모든 인간은 불성이라는 무한력의 소유자다.
우리 자신이 무한의 본원과 직결되어 있음을 믿자. 인생을 유한·속박·고난의 존재라고 보는 것은 현상적 겉모양에만 매달린 잘못된 견해다. 그것으로는 인생이 결코 행복해지지 않는다.
두려움 없이 자신을 가지고 불성의 무한성에 호소하자. 자신에 깃든 부처님 위신력에 호소하고 대자대비에 호소하며 무한 위신력을 자신의 마음에서 보고 합장하자. 이것이 기도다.
언제 어디서든 끊임없이 자신에 깃든 무한 위신력을 생각하고 감사하는 이것이 무한 위신력을 자신 위에 직결하는 기도법이다.
그러할 때 지혜와 자비와 용기는 끊임없이 솟아나고 진실한 모든 소망은 반드시 이루어진다. 기도로 운명이 열려 가는 것이다.

견고한 믿음

어떤 때라도 동요하지 말고 확고한 믿음을 갖자. 나의 생명과
진리본성은 똑 같은 '마하반야바라밀다' 이다. 거기에는 행복과
풍요와 건강과 완전 성취만이 가득하다.
이 세상에서 아무리 엄청난 연기와 먼지가 일더라도 허공은 그
모두를 맑히고 푸른 하늘인 채로 영원하듯이 우리의 생명
'바라밀다' 도 그와 같다.
바라밀다를 굳게 믿고 동하지 아니할 때 세간의 일체 고난은 마침내
사라진다. 모두 사라진다. 아니, 원래 없다.

부처님의 은혜를 쓰는 자

언제나 불성(佛性)의 완전한 모습이 자신인 것을 생각하자.
설사 병들어 보이더라도, 곤궁하게 생각되더라도
그것은 하늘에 걸친 구름에 불과한 것, 마침내 기약 없이 흩어지고 만다.
하늘이 아무리 먹장같이 보이더라도 푸른 하늘은 어두운 적이 없고
밝은 달은 일찍이 흐린 때가 없다.
우리의 본 몸도 결코 병든 적 없고 가난한 적 없다. 이처럼 항상
완전한 자신을 생각하자. 거기에 넘쳐나는 부처님의 자비하신
은혜를 바로 보자.
우리는 부처님의 은혜로운 힘을 쓰는 자이다.

마음에 안 드는 사람이 있더라도

내 뜻대로 그 사람을 바꾸려 하지 마라.
그 사람도 스스로 인격의 권위를 갖고 있다.
내가 바뀌어야 상대방도 바뀐다.
무조건 착한 사람으로 보고 무조건 그를 축복해 주라.
인내성 있게 꾸준히 축복해 주라.
그의 잘못을 따지지 마라.
그의 언행만을 보고 판단하지 마라.
그도 불자, 만덕을 갖추었다.
그를 찬탄하고 그의 만덕을 축복해 주자.
"저 사람은 불자, 착한 사람, 모두에 친절하고 훌륭한 인격자,
나를 깨우치고 복을 주신다."
이렇게 기도하고 일심으로 생각할 때,
서로에 뜨거운 우정이 흐르게 된다.

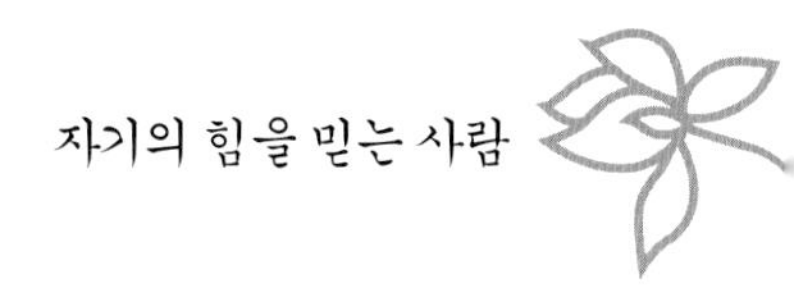

자기의 힘을 믿는 사람

자기 앞에 닥친 고난은 크고
자기 힘은 그보다 약하다고 생각할 때,
그 고난은 자기에게 고통으로 위세를 떨친다.
"고난이여 오라, 내가 너를 사로잡으리라"고 외치며
고난에 첨벙 뛰어들 때, 고난은 도리어 즐거움으로 바뀐다.
이렇듯 자신의 힘을 믿자. 그것이 고난을 즐거움으로 바꾸는
비결이다.
우리는 모든 환경을 딛고 성장하는 금강신이다.

행복의 보증자

길이 막혔다고 두려워할 것 없다.
절벽에 다다랐다고 허둥댈 것 없다.
사방이 캄캄해졌다고 불안해할 것 없다.

감각의 눈에는 막힌 듯이 보이지만
생명의 눈에는 원래로 막힘이란 없는 것이다.
감각의 눈이 막혔을 때가 도리어 신통한 활로가 열리는 때다.
사방이 막혔거든 마땅히 푸른 하늘에 머리를 돌릴 것이다.

부처님은 저 푸른 하늘처럼
우리의 이 생명이 나오기 전부터,
그리고 우리의 온 생애를,
다시 영원한 미래에 이르도록,
우리 생명의 진실이며 행복의 보증자다.
무궁한 영광을 온 생명에게 공급한다.

새아침 태양에게 배운다

생명은 밝은 데서 성장한다.
인간은 밝은 사상에서 발전이 있다.
우리의 본 면목이 원래로 밝은 생명이기에-
어둠을 찢고 솟아오르는 찬란한 아침해를 보라.
거침없는 시원스러움이 넘쳐나는 활기가
모두를 밝히고 키우고 따뜻이 감싸주는 너그러움이 거기 있다.

이 한해를 결코 성내지 않고, 우울하지 않고, 머뭇대지 않고,
밝게 웃으며 희망을 향하여-
억척스럽게 내어 닫는 슬기로운 삶이 되자.
빛을 향하는 곳에 행운이 있다. 성공이 온다.

봄의 햇빛처럼

마음이 우리의 일체를 만든다.

만약 마음 속에 대립 · 투쟁 · 분노… 등등.

거친 생각을 갖고 있다면 그의 앞길, 그의 환경이 평화로울 수 없다.

그러므로 적이 없고, 다툼이 없고, 오직 봄의 햇빛처럼 따뜻하게

대하고 서로 돕는 바라밀다세계를 생각해야 한다.

우리 생명 원래의 모습은 지혜롭고 자비롭고 밝고 따뜻하여

언제나 기쁨과 활기에 넘쳐 있다.

모두와 함께 하고 있으면서도 서로의 개성은 충분히 발휘되어

원만한 조화를 이루고 있다.

우리의 생명인 깊은 마음은 진리에서 온다. 부처님에게서 왔다.

이러한 우리 본래의 면목을 잊지 말자.

그리고 그 따뜻한 모습대로 밝게 살아가자.

행복과 성공, 밝은 운명은 여기에서 열려간다.

칭찬하는 말

오늘 우리는 몇 번 남을 칭찬하였던가.
오늘 우리는 몇 번 남의 허물을 말하였던가.
칭찬하면 태양이 나의 주위에서 빛나고
비방하면 어둠이 나를 감아 돌아간다.
칭찬하는 마음에는 천국이 열려가고
비방하는 발길에는 가시덤불 엉켜가니
입은 진실과 광명을 토하는 문이다.
언제나 찬탄과 기쁨을 말하여야 할 것이다.

부처님 오신날에 물어보자

감사와 기쁨과 밝은 마음이 가득한가?
친절하고 따뜻하고 어느 때나 유화한가?
'항상 오늘 하루 이웃에게 무엇을 줄 것인가' 를 생각하는가?
'나는 어떠한 고난에서든 걸림 없이 전진하는 자' 라는
자신과 용기에 차 있는가?
아침 해 담뿍 받은 5월의 신록을 보라.
티 없이 싱싱하고 밝고 진실하여 찬란한 봄 하늘에
푸른 꿈을 거침없이 펴내지 않는가.
우리 모두는 '절대의 선 · 자재 · 원만 · 행복의 창조자' 라는
부처님의 가르침을 믿고 실천하는 삶이어야 한다.

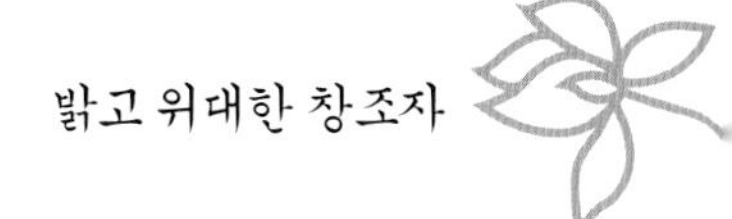

밝고 위대한 창조자

그는 바로 우리의 마음이며 생명이다.
우리의 마음이 전능적인 창조주다.
자기를 상상한 대로 자기를 이루어간다.
위대한 인간이라 상상하면 자기는 그렇게 되고,
어둡고 불운한 인생이라고 생각하면 불운한 인생이 되고 만다.
우리의 마음이 전능자, 조물주인 까닭이다.
형제여, 쓰러졌더라도 다시 일어서고
희망의 등불이 꺼진 듯 보이더라도 결코 실망하지 마라.
우리에게는 큰마음, 큰 꿈, 큰 생각이 원래로 있으니
거기에서 새로운 희망과 용기와 성공의 싹은 얼마든지 솟아나는
것이다.
우리에게는 꿈을, 그리고 희망을 가질 위대한 힘이 항상 존재한다.
이 마음이 있는 한 언제나 우리의 앞에는 새 천지가 열리게
마련이다.

나는 누구인가

나는 육체이거나 물질의 연장이 아니다.
나는 생명이라, 불성에서 왔노라.
나는 불성이요, 법성의 구현자로다.
나에게는 거룩한 지혜와 덕성과 창조 능력이 이미 갖추어져
있으니, 나는 신성하고 존엄한 권능자로다.
언제나 거룩한 뜻으로 살고 그 뜻을 실현할 사명으로 사노라.
나는 원래로 건강하고 억세고 어떠한 고난이라도 능히 이겨내며
높고 아름다운 꿈을 실현해 가노라.
하늘처럼 넓고 햇살처럼 밝고 바다처럼 넘치는 활기– 이것이 나의
얼굴이요 마음이로다. 이래서 언제나 나는 감사와 환희에 충만해
있노라.

마음에서 어둠을 몰아내자

실패 · 노쇠 · 불경기 등, 불행을 생각에 두어서는 안 된다.
소극적이거나 어두운 감정을 생각하거나 말하여도 안 된다.
한 번 생각한 것은 깊은 의식에서 종자가 되어 현상으로 싹터오기
때문이다.
만약 어둡거나 비관적 감정이 떠올랐다면
그것은 망상이니 즉시 몰아내야 한다.
그리고 마땅히 원만한 자성공덕을 관하여야 한다.
부처님 은혜 속에 모두가 화합하고 서로 돕는 행복을 생각하자.
우리 자성의 태양이 찬란히 빛나,
일체 어둠과 불행이 없고 건강과 평화 번영만이 가득한 상태를
마음에 채우자. 여기서 반야바라밀다 대공덕이 현전하는 것이다.

감사는 창조다

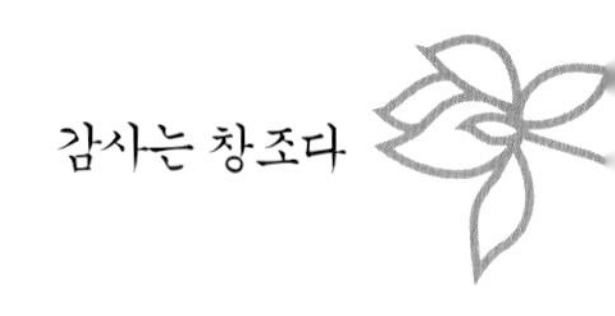

병들고 나서 건강의 고마움을 아는 자에게는 건강은 오지 않는다.
벗을 잃고서 다정한 벗을 생각할 자에게서는 벗은 떠난다.
그러므로 지금 주어진 수많은 은혜에 눈을 뜨자.
불행을 헤아리지 말고 다행스러움을 헤아리자.
'이렇게도 많은 은혜에 싸여 있으면서, 어째서 내가
불평했을까?' 를 반성하자.
오직 행복의 문은 감사에서만 열린다. 감사에는 절대적인 힘이
있다.
감사는 소극적 피동이 아니고 적극적 창조인 까닭이다.

말과 생각은 창조의 씨앗

남이 나에게 어떻게 대하는가를 생각하기에 앞서
내가 남을 어떻게 대하고 있는가를 먼저 생각하자.
말과 생각- 그것은 하나의 씨앗이다.
뿌려진 씨앗은 반드시 싹이 튼다. 좋은 생각을 뿌렸으면 좋은
결실이 있고 나쁜 씨앗을 뿌렸을 때 그 수확은 초라할 수밖에 없다.
하늘을 향하여 침을 뱉으면 침은 마침내 자신에게 돌아오고
다른 사람을 욕하고 미워하면 욕과 미움은 독 묻은 화살이 되어
자신에게 돌아온다.
다른 이를 욕하는 대신 그 사람을 칭찬하고 그 사람의 행운을
축복해 보라. 축복하는 자는 축복을 받고 칭찬하는 자에게는
칭찬이 돌아온다.

운명에 명령하는 자

흘러가는 물은 아무리 막더라도, 마침내 바위를 넘고 또는 폭류가
되어 산을 뚫고 들판을 지나 바다가 되고 만다.
나는 저 물보다 몇 만 배나 억센 생명이 아닌가?
살아 있는 진리 그대로의 주인이다. 결코 돌이나 흙이나 쇠붙이
같은 물질이 아니다. 아무리 어려운 환경이나 고난에 부딪히더라도
결코 좌절하지 않는다. 고난이나 압력을 받으면 받을수록 강한
생명력을 얻는다.
오히려 폭약처럼 억센 힘을 내 안에 다진다.
나의 생명은 어떤 어려움 속에서라도 그 어려움을 변혁시킬 힘을
간직하고 있는 창조의 근원자이다.
나는 결코 운명의 노예가 아니다. 오히려 운명에게 명령하는 자다.
내 스스로의 결정에 의하여 나의 세계를 창조한다. 그 어떤 것에도
좌절할 수 없는 불굴의 용기가 나의 생명이요, 진리의 산 모습임을
알고 어느 때나 참 생명의 진실을 구김 없이 발휘한다.

해는 저물어도

한 해가 저문다. 묵은해가 간다.

미움 · 원망 · 질투 · 노여움과 슬픔– 우리의 행복을 가로막는 이들

검은 구름도 함께 보내자. 구름은 흘러가도 푸른 하늘 영원하고

거기에 태양은 영겁으로 찬란하지 아니한가?

인간은 육체나 밥의 뭉치가 아니다. 태양과 푸른 하늘을 영겁의 내

가슴에 안고 영원한 생명을 불태우는 존엄하고 빛나는 창조자다.

이 한 해를 보내면서 행복을 어지럽히는 이들 어두운 감정을

남김없이 털어 내어, 영원히 저물지 않고 영원히 발랄한 창조자의

본분을 새롭게 하자.

이래서 한 해는 저물어도 우리의 생명은 더 한층 빛난다.

새아침에 인간승리의 송가를 부르자

부처님 나라는 이 땅이고, 부처님은 항상 우리와 함께 하시며,
어린 것을 걱정하듯 우리에게 마음을 떠나지 않으신다.
이 땅은 부처님 나라, 영원불변 완전원만한 부처님 나라.
우리 모두는 불자, 공덕이 가득히 넘친다. 이것만이 참으로 있는 것이며, 이것만이 참된 우리의 것이며, 이것밖에 다른 것은 없다.
그러나 이 세상 감각적 현상은 모두가 덧없는 것, 바람처럼 강물처럼 흘러간다. 그것은 그림자, 실재가 아니다.
그렇거늘 우리가 어찌하여 실재가 아닌 것에 마음 두어,
기뻐하고, 근심할 것이 있을까?
부처님 함께 계심과 부처님 나라 공덕이 충만한 것,
이것이 이 땅 우리의 참 모습인 것을 믿고 또한 보자.
찬란한 이 아침, 우리 주변과 우리의 마음 구석구석에 병고, 실의, 패배, 침체의 어두운 그림자를 말끔히 소탕하자.
그래서 밝게 빛나는 새아침의 태양 아래 부처님이 수신
인간승리의 송가를 소리높이 부르자.

후기 | 진리는 안팎이 같은 것

이 글을 쓴 스님은 늘 소년 같았다. 생각은 싱싱하고 얼굴은 해맑았다.
아무리 늙고 모진 병 속에 살았어도 얼굴은 아이 그대로였고 생각은
천진동자를 방불했다. 비록 비바람 눈보라의 세월이 스님을 스쳐
갔어도 그 세월이 어쩌지 못하는 초출의 존엄함이 있었다.
사람들은 스님의 그런 모습만 보고도 환희심을 냈다. 그래서 누구나
스님 만나기를 원했고 만나면 소원성취한 사람처럼 마냥 좋아했다.
나는 그런 스님을 보고 도대체 저런 힘이 어디에서 나올까? 몹시
궁금했다. 만나는 모든 사람을 기쁘게 하는 저 불가사의가 스님의 아픈
몸 어디에서 나온단 말인가?
내게는 화두가 따로 없었다. 스님의 그런 일상의 모습 모두가 나를
사로잡는 일대사(一大事) 화두였으니 말이다.

결국 나는 스님께서 이 땅에 계실 때는 그 화두를 풀지 못했다.
불경하고 불효하게도 스님께서 사바를 떠나신 뒤에서야 그 실마리가
조금씩 풀리기 시작했다. 만시지탄의 한숨이 저절로 쏟아졌다. 그러나
어이하랴, 다시 돌이킬 수 없는 일을….

스님에 대한 나의 화두가 조금씩 풀리기 시작한 것은, 『시봉일기』 작업을 하면서 스님의 사상과 행(안과 밖)은 항상 일치하고 있다는 사실을 알게 된 뒤다. 고백하자면, 생각이 소년이면 얼굴도 소년이 된다는 아주 단순한 사실을 나는 그 많은 세월동안 듣지도 못했고 보지도 못했던 것이다. 내 눈과 귀가 어두워서이다. 두 눈, 두 귀를 멀쩡히 가지고서도 바로 지척에 있는 참모습을 보지도 못하고 듣지도 못했다니, 그야말로 청맹과니였던 것이다.

여기에 실린 스님의 글은 『호법월보(護法月報)』에 실었던 내용이다. 한국불교 2천년의 역사 속에 '정법호지발원(正法護持發願)' 이라는 신앙을 내세워 실천한 분은 스님이 처음이다. 스님은 이 불사를 매우 정성껏 받들었고, 매월 발원동지들에게 나누어 주는 소식지가 바로 이 책의 원적지인 『호법월보』였다. 까닭에 조그만 소식지 구석구석에 스님의 뜻이 아로새겨져 있다.
비록 짧은 글들이지만 이 짧은 글 속에 스님의 뜻과 정신이 고스란히 녹아 있다. 누구나 이 글을 읽어가노라면 내 말에 대한 이해가 될

것으로 본다. 스님을 알 수 있게 된다는 말이다. 아무튼 여기 실린 글 그대로의 모습을 고스란히 간직한 분에 의해 이 글이 씌어졌다고 보면 된다. 그러므로 누구나 이 책을 잡는 순간부터 이미 열반하신 스님을 다시 만나게 될 것이다.

내가 굳이 이 책을 출간하는 까닭은 조금이라도 스님의 뜻(思想)을 사람들에게 전했으면 하는 바람 때문이다. 불효자가 부모의 죽음 앞에서 큰소리로 운다고 했듯이 나야말로 스님 가신 뒤에서야 스님의 사상을 펼친다고 요란을 떨고 있으니 영락없는 불효자다. 그러나 때를 놓치긴 했어도 이제라도 마음을 다잡아 스님의 은혜를 조금이나마 갚으려고 해보니 모든 것이 부족하기 그지없다.
가만히 생각해 보면 스님의 구국구세의 높은 뜻을 알리기 위해 내가 새삼 글을 쓴다거나 설법을 한다는 것은 그야말로 세상의 웃음거리에도 미치지 못할 일이다. 부득불 나는 조그만 종이 한 장이라도 스님의 것을 다시 또 쓸 수밖에 없는 딱한 사정, 해서 이 책이 나왔다.

때마침 스님의 지극한 신도인, 올해 춘추 여든둘의 지혜심(智慧心) 홍경자 불자님의 발원이 있었다. 디자인 교수직에 있는 따님, 김응화 선생은 자당(慈堂)의 뜻을 받들어 일년 전부터 인도 불교성지 순례를 다녀오는가 하면 교육자의 바쁜 일과 중에 시간을 내어 직접 이름난 연당(蓮塘)을 찾아다니며 연꽃사진을 찍었다. 그래도 부족한 것은 성효스님과 동욱스님이 찍은『연꽃사진집』에서 채웠다. 김 선생은 수집된 사진을 바탕으로 다시 하나하나 디자인 작업을 했다. 나는 그 과정에서 정성과 안목을 다하고 있는 모녀의 불심(佛心)을 보게 되었고, 또 광덕스님을 존경한다며 흔쾌히 사진 사용을 승낙해 준 성효스님과 동욱스님의 두터운 배려도 입었다. 이분들께 감사한다.
아무쪼록 이 책으로 인하여 구국구세의 시절인연이 성숙하여 남북의 평화통일과 세계 인류의 행복이 원만히 이루어졌으면 한다.
아, 이 얼마나 스님께서 바라시던 일이던가!
나무마하반야바라밀다.

2549(2005)년 2월, 스님의 원적 6주기를 맞으며
도피안사 妙香台에서 不肖門人 松菴 至元 謹誌

'명상의 바다에서 건져 올린 삶의 지혜' 시리즈에 부쳐

1 웰빙 족을 위하여

1. 참 자기와 명상

사람에게는 자기가 둘 있다. 참 자기와 거짓 자기다. 욕망과 화냄과 어리석음으로 만들어진 자기는 거짓 자기, 껍데기 자기이고, 이 세 가지를 떠난 자기는 참 자기다. 누구나 이 거짓 자기에 한번 휘둘리기 시작하면 여간해서는 헤어나올 길이 없다. 일생동안 그 늪에 빠져 온갖 고생을 다 겪는다. 비유하자면 물에 빠진 날파리와 같다고나 할까. 언젠가 날파리 한 마리가 구정물에 빠져 허우적거리는 것을 가만히 지켜본 적이 있다. 어쩌면 우리 인간들도 저와 같이 세 가지 구정물의 거짓 자기에 빠져 평생을 허우적거리는 것은 아닌지, 그렇다면 과연 우리 인간의 삶이 저 미물인 날파리의 삶과 무엇이 다르다고 할 것인가? 명상은 이러한 거짓 자기의 허무에서 벗어나 참 자기를 찾는 길이며, 또한 거짓 자기가 없는 진실한 세계다. 그래서 명상은 안심입명(安心立命)이다. 마음이 편하고 기쁘다. 예컨대 명상은 애지중지 아끼고 좋아하던 물건을 잃어버렸다가 되찾았을 때처럼 더없이 반갑고 소중하다.

참 자기인 명상의 세계는 아무런 걱정과 고통이 없는 지극히 안락한 세계라 할 수 있고, 또한 맑은 물 같고 밝은 거울 같은 세계여서 언제나 투명하다. 투명한 그곳에는 이기심이 없고, 대립과 갈등, 탐욕과 투쟁, 분노와 무지에서 오는 어리석은 고집도 없다. 그런 것이 발붙일 수가 없다.

2. 명상과 웰빙족

투명한 명상의 세계에서 솟아나는 생각들은 모두가 다 지혜다. 그러므로 따로 지혜를 찾거나 구할 일도 없어진다. 오직 그것으로 살고 그것으로 기뻐하고 그것으로 양식을 삼는다면, 인간은 목이 아프도록 협력을 강조하고 따로 평화를 부르짖지 않아도 된다. 자유와 행복 등 인간이 염원하는 가치를 다른 곳에서 찾아 헤맬 필요가 아예 없다. 그래서 오늘날 현대인들에게 명상은 새로운 미래문명의 발상지로 떠오르고 있으며, 또한 더불어 살아야 하는 미래문명공동체의 토대와 인간 삶의 근본원리로 차츰 자리매김 해가고 있다.

또 명상은 잘못된 생각〔인간성 상실로 인한 모든 정신질환〕으로 이미 병이 깊은 사람들에게는 기사회생의 신약(新藥)이 되고 있다. 정도의 차이는 있어도 인간 누구나 가지고 있는 병〔三毒-貪嗔癡〕을 치유할 수 있는 이 신약의 놀라운 힘은 모두 자기자신 안에서 흘러나온다.

안심입명(安心立命)의 자성(自性)에서 솟아나는 묘약(妙藥)이기에 결코 밖에서 들어오지 못한다. 이 사실은 너무나 명백한 천고(千古)의 도리(道理)이자 만고(萬古)의 법칙(法則)이다.

하나라도 더하거나 뺄 것도 없는, 본래 있는 그대로의 진실〔本地風光〕이다. 그러므로 명상은 현대인들이 즐겨 말하고 찾고 있는 진정한 '웰빙'이며, '열린 마음'이고, '웰빙족'이 반드시 갖추어야 할 으뜸자격이며 자랑할 보물이다.

3. 웰빙의 참 뜻

'웰빙(well-being)' 이란 말은 미국의 저명한 정신분석학자이며 사회심리학자인 에리히 프롬(1900-1980)이 그의 저서『존재냐, 소유냐』에서 처음 사용했고, 그는 철학적인 바탕에서 현대인들에게 웰빙적인 삶을 강조했다. 그는 웰빙을 '인간이나 사물의 궁극적 실재(實在)에 이성의 충분한 발달로 도달되는 평안한 상태' 라고도 했고, 또 '소유의 가치를 완전히 떠난 존재의 지극히 평안한 상태' 라고도 했다. 그런데 지금 우리는 어떤가? 오늘날 우리 한국사회에서는 물질적인 풍요를 누리며 보다 탐욕스런 오욕락을 쫓는 것을 웰빙이라 말하고들 있는 것은 아닌지, 그렇다면 웰빙을 크게 오용(誤用)하고 있는 것은 아닐까?

이에 철학적인 웰빙의 본뜻을 오늘의 현실에 되살리는 것이 우리 모두의 인간정신을 바로 세우는 일이라 생각하여, 여기서는 쉽고 직접적인 방법, 즉 명상의 직관(直觀)으로 웰빙을 찾아가기로 한다. 왜냐하면 거기에는 보다 더 절실한 이유가 깃들어 있기 때문이다.

인류는 그동안 지역에 따라 다소의 차이는 있어도 원시수렵사회, 유목사회, 농업사회, 산업사회를 거쳐 지금은 이른바 지식정보화사회에 살고 있다. 이 지식정보화사회에 살고 있는 현대인을 '도시유목민' 또는 '신유목민' 이라고도 일컫고 있다. 이들 '신유목민' 에게는 옛날 유목민들의 필수품이던 말(速度)이나 능력(實用)이나 정보 대신, '핸드폰' 과 '컴퓨터' 와 '열린 마음' 이 필수품이다. 신유목민의 이 세 가지 필수품 중에서 가장 중요한 것은 '열린 마음(open mind)' 일 것이다.

4. 웰빙족과 '열린 마음'

현대의 신유목민들, 그 누구나 피하거나 돌아갈 수 없는 오늘의 지식정보화시대, 그러나 현실은 거짓 자기의 범람으로 인해 지독한 이기주의가 장마철 독버섯처럼 무성하게 자라고, 힘을 앞세운 국가이익의 추구는 인간 미덕의 상징인 협력을 외면한 채 무한경쟁을

불러왔다. 그 결과 지구생태환경의 혹심한 파괴로 말미암아
인간생존의 근본토대인 땅은 무거운 병으로 신음하고 있다. 그 위에
얹혀 살고 있는 인간은 자신도 모르는 사이 자꾸만 커다란 위험으로
내몰리고 있다. 즉 현대문명이 안고 있는 수많은 모순이 인간생존을
시시각각 위협하고 있는 것이다. 이런 절박한 위기의 한계상황은
전적으로 인간 자신이 초래한 결과다.
이 절체절명의 한계상황에서 인류가 가진 유일한 희망은 무엇일까?
'열린 마음' 일 것이다! 그러므로 이제는 누구나 명상을 통해 '열린
마음' 의 참 자기로 살아야 할 때가 지구의 위기와 함께 다가왔다. 현재
우리 인류는 위기와 기회를 동시에 맞이한 셈이다. 여기서 피하면 다른
길이 없다. 그러므로 위기는 위기로 보아야 하고 기회는 철저하게
기회로 삼아야 한다. 원하든 원하지 않든 개인의 의사를 떠나 도저히
거부할 수 없는 이 시대의 숨가쁜 상황이 벌어지고 있다.
이런 상황에서 현대인들은 정확하고 솔직하게 이 상황을 직시하여,
위기는 인정하되 기회는 살리도록 노력해야 할 것이다. 보는 종족과
다양한 직종, 고고하고 엄격한 종교를 비롯한 모든 차별과 한계를 한

달음에 훌쩍 뛰어넘어 자신과 가족의 생존, 그것만을 위해서라도 이제는 더 머뭇거리지 말고 너도나도 '열린 마음' 의 주인공이 되어야 하리라.

5. 웰빙 족을 위하여

그래서 이 시리즈는 웰빙의 본래 뜻에 따라 현대인들에게 오직 인간정신의 자각(自覺)을 통한 '열린 마음' 을 갖게 하고자 펴내는 말하자면, '신유목민' 의 교과서다. 지식정보화시대의 '신유목민' 으로서 진정한 '웰빙족' 은 명상을 통한 '열린 마음' 을 그 자격으로 해야 하며, 또한 자격 갖춘 그들의 출현을 위해서 출간하는 이 책들이 명실공히 '웰빙족 시리즈' 다.

이러한 '웰빙족 시리즈' 는 병든 사람들을 치료하는 양약(良藥) 제조창과 같다. 이 양약은 누구나 마음놓고 먹기만 하면 자신의 병을 완치할 수 있다. 현대인들의 여러 가지 병은 모두 거짓 자기에 휘둘려서

생긴 것이다. 그 거짓 자기는 아주 교묘하여 자신이 속고 있으면서도 속는 줄을 전혀 모른다. 왜냐하면 자신의 내부에 깊숙이 감추어져 있기 때문이다. 그래서 너도나도 잘도 속아 넘어 가는 데, '배운 사람 · 못 배운 사람 · 가진 사람 · 못 가진 사람' 등등, 그 누구를 막론하고 속는 데는 하등의 차이도 없다.

곰곰이 지나온 인간역사를 돌아보아도 그동안 인류는 너나없이 자신의 거짓 자기에게 줄곧 속아만 살아왔다. 정말 속을 만큼 속았기에 이제는 더 이상 속지 않아도 된다는 생각이 자꾸 든다. 이것은 비단 몇몇 사람들의 생각만은 아닌 것 같다.

사실 오늘날 지식정보화사회의 현대인들 거의가 자신에게 속아 살고 있다고 해도 과언이 아닐 것 같다. 즉 병이 들어 골수에 이르렀어도 자신이 병든 줄 모르고 있다는 말이다. 이러한 인간의 허상을 알고 보면 참으로 답답한 노릇이고 한심하기 그지없는 인생살이다.

그렇다고 인생을 포기할 수도 없다. 그러므로 명상이라는 이 신약을 복용하여 거짓 자기의 고질병을 얼른 벗어나 건강한 사람, 진정한 웰빙족이 되어야 한다. 바야흐르 인간 누구나 명상이라는 양약을 복용하지 않을래야 않을 수 없는 시대적인 한계에 이르렀다는 생각이 좀처럼 수그러들지 않는다.

지금까지 수없이 속아온 경험으로 보거나 그 아픔으로 보아 차마 억울하고 분해서도 이제부터는 과감하게 거짓 자기에서 벗어나 참 자기로 돌아갈 결심을 해야 한다. 아니, 차일피일 더 늦기 전에 모질고 독한 결심을 해야 하리라!

그래서 참 자기의 주인공인 진정한 웰빙족(族)이 되는 것, 그것만이 우리들 각자의 희망이자 인류의 마지막 등불이라는 것, 이 엄연하고 놀라운 사실을 직시하자는 것이 바로 이 명상시리즈의 진정한 의미인 것을 다시 천명한다. 그래서 '명상의 바다에서 건져 올린 삶의 지혜'의 '열린 마음'으로 진정한 '웰빙족'의 인생을 살아가자는 것이다.

1. 명상이란 말

요즘 우리 사회에 명상처럼 자주 쓰이는 말은 그리 많지 않을 것이다. 그만큼 사람들이 명상에 많은 관심을 갖고 있다. 이는 시대의 흐름이고 요구사항이다. 이즈음에서 명상이란 말을 다시 한 번 생각해 보고 정확하게 이해하면 분명 자신의 삶에 도움이 될 것이다. 한 걸음 더 나아가 직접 명상을 공부하여 체험으로 이해할 수 있으면 더할 나위 없이 좋은 일이겠지만, 그러나 누구나 손쉽게 명상공부를 할 수 있는 것은 아니다. 그것은 명상이 좋다는 사실은 대부분 알고 있어도 실행에 옮기기까지는 우리의 몸과 마음이 아직 거기에 익숙해 있지 않기 때문이다. 아무래도 명상을 위한 사회분위기가 좀더 성숙되어야 할 것 같다.

돌아보면 불과 얼마 전까지만 해도 우리는 나라 전체가 먹고사는 일에만 골몰했다. 자신의 존재나 건강은 미처 돌볼 겨를도 없이 오직 경제발전에만 매달려 살아왔다. 요즘 들어 어느 정도 살게 된 뒤에서야 차츰 자신의 존재나 삶의 질을 찾게 되었는데, 그것은 그리 오래되지

않았다. 그러므로 자신의 존재를 찾으려고 고요하게 앉아 있는 것에
아직은 어색하고 서툴다. 또 그동안 너나없이 뛰다시피 살아왔기에
이제 조금 속도를 늦추었다 해도 가쁜 숨이 다 진정되지도 않았다.
그래서 호흡조절과 명상을 하기 위한 마음의 준비시간이 아직은 더
필요한지도 모르겠다.

2. 전통적인 명상

사실 명상처럼 다양하고 포괄적인 말도 드물다. 어떻게 보면
내용적으로는 거의 비슷비슷한 것 같으면서도 사뭇 다른 의미로
표현되어 헷갈리기 쉽다. 자신이 전문가에게 지도 받으면서 하나하나
직접 체험해 보기 전에는 애매모호 하다는 느낌이 들 정도다. 왜냐하면
가르치는 사람마다 제각기 명상의 뜻이 다르고 방법이 다르고 설명이
다르기 때문이다.
이런 여럿 중에서 어떤 한 가지를 콕 집어서 선택한다는 것은 무척

어려운 일이기도 하고 또 조심스런 일이기도 하다. 그래서 여기서는 명상에 대해 적당히 이것저것 절충하여 말하지 않고 비교적 객관성을 지닌 고전적인 방법을 선택하려고 한다.
좀더 구체적으로 말하면, 최근에 여기저기서 우후죽순처럼 나타난 여러 명상형태의 신생개념이 아니라, 역사를 지니고 있는 전통적인 명상형태에서 그 기준을 찾으려고 한다. 비록 그것이 좀 어렵다 하더라도 오랫동안 검증되어온 전통적인 명상법이 그래도 가장 확실할 것이라는 판단이 들어서다.

명상은 주관과 객관이 합일한 경지, 즉 자신의 주관인 정신이 객관의 대상(對象)과 합일(合一)한 것이 명상이다. 한마디로 주객미분(主客未分)의 원형을 유지하는 주객이 둘이 아닌 상태가 명상이다.
우리가 말하는 전통적인 명상방법이라고 할 수 있는 것도 여러 형태다. 그 중에서 사람들에게 친숙한 것 몇 가지만 예로 들면,
「성인(聖人)의 이름을 자기가 부르고 자기가 들으면서 듣는 당체를

의심해 가는 것, 성인의 체(體)인 덕성을 자신의 생각으로 그리는 것, 오직 화두만 붙들고 줄기차게 의심해 나아가는 것, 일사불란하게 진언만 따라 가는 것, 자신의 호흡이나 몸에 대한 관찰을 놓치지 않는 것」 등등이다.
이렇게 형태와 내용이 서로 다른 것 같지만 결국 공부의 과정과 주안점에서는 별 차이가 없다. 다만 자신이 선택한 하나의 주된 공부에 나머지 다른 것은 기초나 도움이 되는 정도의 상호보완, 평등한 관계이지 우열은 아니다. 각자의 근기에 따른 선택만 다르다.

참선에 대한 고인(古人)의 가르침을 보면,
「일어나는 마음, 일어나지 않는 마음 – 이 두 마음은 진실한 마음이 아니니, 이 두 마음을 떠난 마음이 허공을 비춤을 알게 되는 것이 곧 성품을 보는 것(見性)이다. 범부는 둘로 보지만 지혜 있는 자는 이미 성(性)을 보아 세상사를 한 물건도 없는 것으로 요달(了達)해 마친 것이니, 그 성이 둘이 아닌 것을 알고 둘이 없는 성품이 곧 밝은 불성이니라」라고 했다. 여기서 호흡법이니 관법이니 하는 여타의 것은 이 참선공부에 기초를 형성하거나 북돋워주는 보완과 상조의 입장에 있음을 보게 된다.

그러나 공부를 지어 가는 것에 대한 이런 설명이 실로 간단치 않기에, 여기서는 방법에 대해서만 간단하게 언급하고 깊이나 내용에 대해서는 말하지 않기로 한다. 왜냐하면 그것은 이론이 아니라 체험이기 때문이고, 글이 갖는 표현의 한계 때문이기도 하다. 그러나 한 가지 분명한 것은 세상의 뜻 깊은 일은 어느 것 하나도 쉽게 이루어지지 않는다는 사실이다. 그처럼 명상 또한 쉽게 되는 일이 아니라는 점을 먼저 알아야 한다. 반드시 그만한 노력을 기울이고 대가를 지불해야 도달할 수 있고 얻을 수 있는 세계이다.

3. 자신과 대상(對境)이 둘이 아닌 마음이 명상

자신의 삶을 온전하게 하려면 쪼개고 나누면 안 된다. 명상공부 또한 삶 따로 공부 따로 나누어 가면 안 된다. 일상사의 삶 모두가 명상이어야 한다. 즉 삶이 명상이고 명상이 곧 삶이어야 한다. 어떠한 이유로도 삶을 조각조각 나누거나 훼손시켜서는 안 되기에 삶과 명상도 결코 나뉘어질 수 없다. 그러므로 명상을 통해 인생을 더욱 온전히 해야 하는데 그렇지 못하고 오히려 명상으로 말미암아 인생이 복잡해지거나 나뉘는 일이 생기면 폐단만 한 가지 더 보탤 뿐이다. 그것은 자신의 인생을 훼손하지 않고 원형을 고스란히 간직하는 것과는 매우 거리가 멀다.

즉 있는 그대로의 인생을 대하고 유지하기 위해서는 분석이 아닌 직관으로 비로소 가능하게 된다. 그렇게 되었을 때 명상을 통해 인생은 전성적(全性的)으로 이해되어 모든 것이 온전해지는 것이다. 이렇게 보면 삶 전체를 명상으로 보는 관점이 얼마나 중요한 것인가를 새삼 깨닫게 된다. 그것은 일상(日常)에 대한 생각의 순수함, 삶의 청정함을 말한다. 또한 그것은 진정한 인간성의 회복을 의미한다. 이렇듯 일상생활 모두가 명상이라는 사실에 대한 착안과 이해와 실천이야말로 명상을 통한 삶의 획기적인 변혁을 이뤄준다.

여기서 잘 알아야 할 점은 명상에 대한 공부를 따로 한다 해도 그

실제는 어디까지나 현실생활에서 얻는다는 점이다. 이점은 구체적인 예를 들지 않아도 누구나 알고 느끼는 상식이다. 즉 명상에 대한 공부는 결과적으로 현실생활을 더욱 충실히 하기 위한 과정에 지나지 않는다는 말이다. 그러므로 우리는 일상 명상을 통해 무슨 일을 하든, 누구를 만나든 항상 깨끗하여 명랑하고 상쾌해야 한다. 이러한 때에 이르러서야 비로소 현실의 삶은 온전해졌다고 말할 수 있을 것이다.

또 전문적인 명상공부를 따로 하지 않아도 일상적인 삶의 순수하고 성실한 몰입을 통해 명상을 얻을 수도 있고 익힐 수도 있다. 쉽게 말하자면 성실한 삶이 곧 명상이라는 뜻이다. 물론 단순히 일상에 대한 몰입만으로는 전통적이고 전문적인 명상의 세계에 도달하지는 못한다고 말할 수도 있을 것이다.

4. 성실한 삶, 그 자체가 명상

사람은 어릴 때부터 엄격한 교육을 통하여 자기를 극복하는 훈련을

해야 한다. 이것이 모든 일의 근본이 된다. 역시 명상공부에 있어서도 자기 극복이 우선이며 기본이다. 그러므로 자기 극복의지가 없거나 약하면 명상은 불가능하다. 자기 극복이라는 마음 조절 능력은 어느 날 갑자기 이루어지지 않는다. 오랜 시간 단련해야 조금씩 커지고 단단해진다.

자기 극복은 보이지 않는 마음을 대상으로 하기에 다잡아서 수련하기가 여간 어려운 것이 아니다. 그러나 제멋대로인 마음을 다스리는 데는 이 길 외에 다른 지름길은 없다. 그러므로 자기 극복이 아무리 어려워도 명상을 이루기 위해서는 반드시 갖추어야 할 기본바탕이다.

이 말은 불교에서 '선정(禪定)에 들기 위해서는 반드시 계를 지켜야 한다'는 말과 같다. 생활 자체가 안온한 명상이 되기 위해서는 감정의 절제를 통한 생활의 질서(戒)가 필수다. 마치 진정한 자유를 얻기 위해서는 스스로 구속으로 들어가는 것과 같다. 방임 속에서 자유는 없기 때문이다. 오직 구속 안에서 자유를 얻을 수 있어야 그것이 참된 자유라고 말할 수 있는 것이다.

이런 입장에서 우리가 진지하게 생각해 봐야 할 것은, 일상생활이 명상이 되어야 한다는 대원칙이 없는 요즘 유행하고 있는 명상형태들은 하나의 사치이고, 치장일 수 있으며, 또 잠깐의 휴식에 지나지 않을 수도 있다.
성실한 삶이 명상이라는 일상 명상은 전문명상에 비해 깊이가 다르고 폭이 다르며 일시적이라고 전문가들은 말할지도 모르겠다. 설령 그렇다 해도 삶 속에서 바로 명상을 체험할 수 있다는 것, 그것이 인생의 큰 힘이 된다는 것을 우리는 부정할 수는 없는 일이다.
그러므로 사회적인 성공은 얼마만큼 자신의 삶에 몰입할 수 있는 지속적인 명상의 힘이 있느냐, 없느냐에 달려 있다고 본다.
더 쉽게 말하자면 청춘남녀의 열렬한 사랑이라든지, 운동선수가 운동에 몰두하거나, 예술가가 예술에 빠져들 경우, 또 기사(棋士)가 바둑에 몰입하거나, 과학자가 연구에 빠져들 때, 아니면 사업가가 일에 빠져든 상태, 또는 독서 등 취미에 빠졌거나, 그 무엇에든지 자기 분야에 빠져서 나뉘어지지 않는 주객의 합일된 정신상태를 이루면 명상이라고 말할 수 있을 것이다. 다만 지속성과 순수성의 문제가 명상의 질과 수준을 결정해 줄 뿐이다.

평범한 우리 인생살이에서도 자기가 맡은 분야에 정성을 기울여 최선을 다하는 것, 무슨 일이든지 매사에 열심인 것도 하나의 명상이다. 이런 상태가 자주, 오랫동안 지속되어야만 자신의 능력이 드러난다. 이른바 앞에서 언급한 사회적인 성공을 이룰 수 있다는 말이다. 우리는 인류의 모든 문명발달의 기저에는 이와 같은 명상이 반드시 자리하고 있다는 사실을 어렵지 않게 볼 수 있다. 단지 과거에는 명상이라는 말을 쓸 줄 몰랐지만 명상에 관심을 갖게 된 오늘날 현대인들은 그것을 노동명상, 독서명상, 놀이명상, 예술명상 등 여러 가지 '생활명상'의 친근한 이름으로 부른다. 다만 여기서는 명상의 동기와 목적, 방법에 따르는 여러 문제는 거론치 않기로 한다.

그러나 정신과 대상의 합일된 상태라고 해도, 약물이나 특수한 방법으로 자신의 정신을 혼절시키거나 빼앗기는 것, 강제로 이탈시키거나, 혼탁하게 하는 경우와는 아주 다르다. 명상은 오직 자신의 의지와 주체적인 노력에 의해서 대상과 둘이 아닌 상태에 머물렀을 때다. 이런 경우만 안심(安心)이나 평화, 곧 삼매(三昧)라고 말할 수 있다. 반대로 자신의 정신과 대상이 주관과 객관으로 분리되면 상대적이라고 말할 수밖에 없고, 이렇게 주객(主客)이 상대적으로 나뉘어져 분산된 상태에서 일으키는 생각은 번뇌망상일 뿐이다.

5. 인생은 명상이다

사람의 정신은 일을 할 때나 사람을 만날 때나 어느 때든지 온전〔대상과 합일〕해야 한다. 온전하지 못하고 두 마음을 가지게 되면 정신이 나뉘어진 것, 즉 명상에 이르렀다고 말하지 못한다. 그러니까 사람에도 일에도 사물에도, 그 대경(對境)을 의심하지 않는다고 하는 것은 정신이 합일된 상태로 가고 있음을 가리킨다. 그런 과정은 이미 명상이 이루어지고 있는 상태다.

사람이 대상에 대해서 조금도 의심이 없다는 것〔合一〕은 정신의 온전함과 성숙을 뜻한다. 즉 정신이 건강해야 모든 대상을 온전하게 볼 수 있고 바로 대할 수 있다는 말이다. 명상자는 상대가 부족하다는 생각이나 못났다는 생각이나 중생이라는 생각을 결코 하지 않는다. 우리 자신이 상대와 합일되지 못하면, 곧 자신의 우월감에 빠져 교만해지고 불화와 투쟁, 대립을 불러온다.
그렇다고 그 합일이 맹목적이거나 맹신적이지도 않다. 다만 대상을 마주함에 자신의 정신을 온전히 할 뿐이다. 주객을 분리시켜 관계를 이탈시키거나 악화시키지 않는다는 뜻이지, 남을 무조건 믿고 속으라는 게 아니고, 또 적당히 넘어가라는 말도 아니다. 언제 어디서나 명상으로 정신을 온전히 하여 사물을 있는 그대로 봄으로써 주객자타(主客自他)의 연기적(緣起的) 일체성을 직시하라는 뜻이다. 만약 정신과 그 대상이 분리되면 대립이 생기며 갈등과 투쟁으로 나아간다. 그래서 오늘날 개인의 소외감이나 국가 간의 날카로운 대립은 참다운 명상문화가 없기 때문이라고 한다. 따라서 평화의 원리를 명상에서 얻어야 한다는 주장이 서서히 고개를 들고 있는 것이다.
그동안 세계는 근원적인 철학 없이 오직 눈에 보이는 물리적인 힘만으로 모든 문제를 해결하려고 하지 않았던가? 그 결과 점점 더

물리적인 힘에만 의존하게 되는 치열한 생존경쟁의 악순환에 빠져 온 것, 그것이 우리의 현실이 아닌가. 힘(暴力)만이 존재하고 폭력의 논리만 대의명분으로서 확대 재생산 되어온 인류발전사 – 그러기에 명상은 인류의 미래생존문화가 아니겠는가.

6. 명상언어는 명상의 연결고리

명상언어는 거울이다. 명상언어를 통해서 자신의 진실한 모습을 바라볼 수 있기 때문이다. 대개의 사람들은 부족을 느끼면 그 자리에서 부끄러워하고 잘못을 느끼면 바로 뉘우친다. 단지 표현할 수도 있고 안 할 수도 있을 뿐이다. 이런 마음은 누구나 가지고 있는 평범한 마음이다. 흔히 지하철을 타고 가다가도 감명 깊은 글 한 줄을 읽게 되면 그것으로 자신의 내면을 떠올리고 자신의 행을 비추어 본다. 그 짧은 순간, 글 한 줄과 자신은 합일되는 것이다. 그 한 줄의 글은 바로 자신을 명상으로 이끄는 연결고리가 된다. 이른바 자신을 비추는 거울인 명상언어다.
사실 글 한 줄뿐이 아니다. 어떤 사물이나 사건에서도 자신을 떠올려 합일시켜 본다면 그 또한 명상고리이고 명상의 상태를 유지하는 것이다. 그러므로 명상은 움직이는 것도 아니지만 반드시 고요한 것만도 아니다. 무엇으로 고정되어 있지 않고 어디까지나 순수하게 합일된 정신작용이다. 반성하고 다짐하고 기뻐하고 슬퍼하는 그 모든 것이 명상이고 명상에서 얻어진 결과이다. 그래서 합일된 정신작용만 늘 살아 있으면 명상언어가 따로 정해져 있는 것이 아니다. 감지되는 모든 것이 명상언어이고 그러므로 순간 순간이 명상의 연속이다.
이 말은 명상은 특정한 시간이나 장소에만 한정되어 있지 않다는 뜻이다. 오로지 명상은 주객의 합일을 말하고 있다. 또 그것은 시간의 장단(長短)에도 관계 없고 일의 많고 적음에도 관계 없다. 아주 짧은 시간에 여러 가지를 생각한다 해도〔그것은 번뇌가 아님〕그 한 가지마다 매순간 온전하기만 하면 명상이다. '백천삼매가 순식간에 이루어진다(百千三昧頓熏修)' 고 했으니 더 군말이 필요 없겠다.

7. 모두가 명상언어

사람은 자신의 정신과 대상의 합일을 통해 진실한 자기를 깨닫고 진실한 세계를 만난다. 바로 명상의 힘이다. 여기에는 사람의 그 어떤 외형적인 신분의 차이도 영향을 끼칠 수 없다. 다만 얼마만큼 깊은 명상에 이르렀느냐 하는 명상의 성숙도만 차이가 날 뿐이다. 그래서 정신작용이 나타나는 모든 곳에서 명상은 성취되는 것이다. 다만 명상의 연결고리인 명상언어가 자신의 정신수준에 잘 부합하는 말(언어)일 수도 있고, 글(문장)일 수도 있으며, 또 그밖에 다른 무엇일 수도 있다.

그러니까 명상의 연결고리는 무엇으로 딱 고정되어 있지 않다. 다만 진지하고 정성스러운 마음으로 대상을 자세히 들여다보기만 하면 모두가 중요한 명상의 연결고리, 곧 명상언어가 되는 것이다. 설령 좋은 말이 아닌 자신에게 쏟아지는 비난이나 욕이라고 하더라도 대립 없이 순수하게만 받아들이면 곧바로 자신을 성숙시키는 좋은 명상언어가 된다. 비난이나 욕설은 또 다른 각도에서 자신을 비추는 좋은 거울이 되기에. 그래서 자신의 정신이 접하는 모든 대상〔對境〕은 하나도 버릴 것이 없는 명상언어다. 일상이 곧바로 명상이 되는 경지다.

8. 명상은 회광반조(廻光返照)다

다만 대상(사람, 사건, 사물)의 본질을 자신의 내부로 받아들이기만 하면 깊은 명상이 된다. 즉 글 한 구절을 읽고 음미하면서 자신을 자세하게 비추어 보면 명상이고, 이미 읽었던 글이라고 해도 과거에 느끼지 못했던 새로운 느낌을 받게 된다면 이 또한 좋은 명상이다. 이런 모든 과정을 '명상언어를 통해 명상에 들어간다' 고 말하며 또 '명상언어를 자기화한다' 고 말한다. 그렇지만 자기화 하는 과정은 각양각색이다. 뉘우침과 다짐도 있고 기쁨과 슬픔도 있으니.
 결론적으로 이런 모든 것이 주객합일의 정신작용인 명상이다. 말하자면 명상은 회광반조이고 내외명철(內外明徹)이다. 그래서 명상언어〔정신이 접하는 모든 대상〕는 자신을 비추는 거울이 되는 것이다. 지혜로운 사람은 거울에 비친 자신의 모습을 보고 솔직하게 그대로를 받아들여 자신을 향상시킨다. 그러므로 명상을 자주 할수록 내면은 깊어지고 빛나는 것이며 자신의 덕성은 저절로 넘치게 되므로 향상일로(向上一路)를 따로 구하지 않아도 자연히 향상일로를 걷게 된다. 마침내 끝없이 '열린 마음' 으로, '웰빙(well being)' 으로, '열반행로(涅槃行路)' 를 가게 되는 것, 모두를 회통(會通)한 명상이다. 그래서 인생은 더더욱 명상일 수밖에 없다.

2005년 1월
〈종이거울자주보기〉 운동본부

〈종이거울 자주보기 운동〉을 시작하며

유 · 리 · 거 · 울 · 은 · 내 · 몸 · 을 · 비 · 춰 · 주 · 고
종 · 이 · 거 · 울 · 은 · 내 · 마 · 음 · 을 · 비 · 춰 · 준 · 다

〈종이거울 자주보기〉는 우리 국민 모두가 한 달에 책 한 권 이상 읽기를 목표로 정한 새로운 범국민 독서운동입니다.
국민 각자의 책읽기를 통해 우리 나라가 정신적으로도 선진국이 되고 모범국가가 되어 인류 사회의 평화와 발전에 기여하기를 바라는 마음으로 이 운동을 펼쳐 가고자 합니다.
인간의 성숙 없이는 그 어떠한 인류 행복이나 평화도 기대할 수 없고 이루어지지도 않는다는 엄연한 사실을 깨닫고, 오직 개개인의 자각을 통한 성숙만이 인류의 희망이고 행복을 이루는 길이라는 것을 믿기 때문입니다.
이에, 우선 우리 전 국민의 책읽기로 국민 각자의 자각과 성숙을 이루고자 〈종이거울 자주보기〉 운동을 시작합니다.
이 글을 대하는 분들께서는 저희들의 이 뜻이 안으로는 자신을 위하고 크게는 나라와 인류를 위하는 일임을 생각하시어, 흔쾌히 동참 동행해 주시기를 간절히 바랍니다. 감사합니다.

2003년 5월 1일

공동대표 : 조홍식 이시우 황명숙

지도위원

〈종이거울 자주보기〉 운동의 회원이 되려면

① 먼저 〈종이거울 자주보기〉 운동 가입신청서를 제출합니다.

② 매월 회비 10,000원을 냅니다.(1년 또는 몇 달 분을 한꺼번에 내셔도 됩니다.)
국민은행 245-01-0039-101(예금주: 김인현)

③ 때때로 특별회비를 냅니다. 자신이나 집안의 경사 및 기념일을 맞아 희사금을 내시면, 그 돈으로 책을 구하기 어려운 특별한 분들에게 책을 증정하여 〈종이거울 자주보기〉 운동을 폭넓게 펼쳐 갑니다.

〈종이거울 자주보기〉 운동의 회원이 되면

① 회원은 매월 책 한 권 이상 읽습니다.

② 매월 책값(회비)에 관계없이 좋은 책, 한 권씩을 귀댁으로 보냅니다.(회원은 그 달에 읽을 책을 집에서 받게 됩니다.)

③ 저자의 출판기념 강연회와 사인회에 초대합니다.

④ 지인이나 친지, 또는 특정한 곳에 동종의 책을 10권 이상 구입하여 보낼 경우 특전을 받습니다.(평소 선물할 일이 있으면 가급적 책으로 하고, 이웃이나 친지들에게도 책 선물을 적극 권합니다.)

⑤ '도서출판 종이거울' 및 유관기관이 주최 주관하는 문화행사에 초대합니다.

⑥ 책을 구하기 어려운 곳에 자주, 기쁜 마음으로 책을 증정합니다.

⑦ 〈종이거울 자주보기〉 운동의 홍보위원을 자담합니다.

⑧ 집의 벽, 한 면은 책으로 장엄합니다.

법공양 발원문

귀의삼보하옵고

금일 어머니의 四十九齋日을 당하여
大慈大悲 三寶님 전에 至誠으로 稽首禮 하오며
『빛과 연꽃』을 삼가 法供養 하옵니다. 바라옵건대 이 인연공덕으로,

亡慈母 智慧心 佛子 남양유인 홍氏경자 靈駕께오서는

부처님의 자비하온 威神力을 입사와 多生동안 지은바 罪障이 모두 消滅되옵고, 極樂世界에 往生하여 無上正覺을 이루어 速還娑婆하여지이다. 아울러 어머니의 上世先亡 多生父母님과 一門眷屬의 모든 영가들이 이고득락하시옵고, 저희 아손들은 발보리심하오며 뜻하는 바 막힘없이 원만하여 일체장애 소멸하여지이다.
거듭 이 인연으로 法界有情들이 모두 無上正覺 이루오며, 조국 대한민국이 國運隆昌 平和統一 萬萬歲하여지이다.
나무마하반야바라밀다

불기 2561(2017)년 5월 3일
부처님오신날

대구시 효성아파트 居住

行孝子 김정수 · 김종수 - 행효사부 권순자 · 최길례
行孝女 김응화
行효손 김마리 · 김미리 · 김혜리 · 김유리 · 윤해찬 · 윤현찬 · 김승국